母の教え Ⅷ

財界研究所

はじめに

人と人とのつながりで人間社会はできている――。

コロナ禍でわれわれは改めて、このことに気づかされた。

新型コロナウイルス感染症が世界中で拡大し、人々の生き方・働き方にも大きな変化が起こった。その一例が、官民挙げてのテレワーク（在宅勤務）の推進である。

確かにテレワークやオンライン会議、もっといえば学校のオンライン授業が浸透し、効率が上がったという声は多い。ただ、これで対面での仕事や授業がなくなるかというと、そうではない。医療の現場では、オンライン診療だけでは不十分で、医師と患者との対面による診療は不可欠。オンライン授業を進める大学では、対面授業による教授と学生との人的交流、そして友人づくりが求められている。やはり人間社会は、人と人とのつながりが大事だということである。

『母の教え』は今回で8冊目となる。総合ビジネス誌『財界』で2020年5月27日号から21年6月9日号までに掲載した連載をまとめたものである。

人は3歳までに人格が形成されると言われる。日本を代表する企業のトップが母の生きざまから何を学んだのか。それを通じて、現在の家庭教育のあるべき姿を考えるという目的で、２０１３年から連載が始まった。

人は誰しも母親から生まれ、最初にコミュニケーションをとるのも母親である。そして、その母親から生かされ、生き続ける中で、自分の存在を意識していく。

もちろん、父親の存在も大切だが、本人の人格形成において、父と母の役割や意義は違うのではないか。幼少期はともかく、成長していく過程において、特に青年期は父親と子供で意見が対峙することもあり得るだろう。しかし、昔から「慈母」という言葉が使われたりするように、母親は時に厳しく子供に接しながらも、根底には子供たちを包み込んでくれる優しさがある。

今回登場いただいたリーダーは26人。当然のことながら、その足取りはそれぞれ大きく違う。だが、「約束したことを守る」とか「人に迷惑をかけない」「弱いものに手を差し伸べる」など、人として生きる道やルールを母親から教わったという人が多い。こうした人として基本的な教えを26人のリーダーたちは幼少期に教えられ、身体に叩き込まれて成長してきたということである。

コロナや自然災害などに代表されるように、現代には〝想定外のリスク〟が数多く存在する。また、ＤＸ（デジタルトランスフォーメーション）のように環境変化が激しく、時代が大きく変わろうとしている中で、われわれはこうしたリスクにどう対処し、どう生き抜くかが問われている。

こうした混乱・混迷の時代にあって、新しい時代をつくり出すのも「人」であるし、その「人」がどう育てられ、どう成長していくのか。

この本を読んでいただき、人と人とのつながりについて、読者の皆さんが何かを感じ取ってくれれば幸いである。

２０２１年６月吉日

『財界』編集部

もくじ

（総合ビジネス誌『財界』掲載順）

ZUU代表取締役

冨田《とみた》　和成《かずまさ》

「『常に100%、全力を出し切りなさい』という母の言葉にいつも背中を押されて」

ZUU代表取締役
冨田　和成

とみた・かずまさ

1982年9月神奈川県生まれ。一橋大学経済学部在学中にソーシャルマーケティング事業で起業、2006年に卒業後、野村證券入社。13年3月野村證券退職、同年4月にZUUを設立し代表取締役に就任。「ZUU online」など資産運用の総合プラットフォーム運営やフィンテック化支援事業を提供。18年6月21日東証マザーズ上場。

人として大切なことを母から教わって

私の母、幸子《さちこ》は１９５０年（昭和25年）４月22日、長野県更級《さらしな》郡御厨《みくりや》村（現・長野市）で生まれました。戦国時代、武田信玄と上杉謙信の「川中島の戦い」で知られる場所であり、98年の長野冬季五輪のメインスタジアムの近くでもあります。

母は小学校、中学校の教師として働いてきました。子供の目から見ても非常にしっかり者で、いつも礼儀正しい人です。子供の頃、私が友人の家でご飯をごちそうになって帰ってくると「それを早く言いなさい！」といって、すぐさま電話をかけてお礼を言い、その後お返しの品を送ったりしていました。

ただ、決して教育ママではなく、勉強に関して口うるさく言われたことはありません。しかし、「周囲へ常に礼を尽くすように」といった、人として大切なことについては常に言われていました。

母のバックグラウンドには祖父の教えがあるようです。母は旧姓を林というのですが、川中島周辺で林家というと、それなりの家だったようで、聞くところでは「辺り一帯が林家の土地だった」といいます。ただ、知人の借金の肩代わりをしたことで、かなりの部分を持っていかれたといいますから、祖父は人を大切にする、温かい人間性を持った人だったようです。母はそんな祖父のことを非常に尊敬していました。

そして母は長女で、下に弟が2人います。時代背景もありますし、伝統ある家に生まれたことで、母は余計にしっかりしなければならないという思いは持っていたようです。

父の冨田誠は神奈川県川崎市溝口で生まれ育ちました。父は2019年に高津区社会福祉協議会会長に就任したのですが、両親ともに長年に渡ってボランティアに取り組んでおり、その活動を通じて知り合い、結婚しました。

父は人一倍貢献心が強く、「自分よりも他人」という人でした。ですから、家に入れるお金があれば先に他人のために使っていましたから、家は裕福ではなく、よく母は「自分の家の最低限の生活を確保してからにして」と父に怒っていました（笑）。

また、徹底的にポジティブな人です。自分自身、そうした父の「利他心」やポジティブな部分には影響を受けたように感じています。

もう一つ、父は脱サラをして個人事業主として働いてきました。イベント関連の卸業から始めて、クリーニング店のフランチャイズ、駄菓子店など様々な仕事をしており、私も子供の頃に店番やチラシ配りなどの手伝いをしていたことがあります。

また、余った在庫をバザーに出して、家族の中で私が最も多く売り上げを上げたこともあります。子供ながらに「どうやったら売れるか」を考えていたのだと思います。売れると嬉しかったですし、ちょっとした工夫で売れ行きが違うことを知るなど、商売は楽しいという経験ができたのは大きかったと感じています。

私が起業した後、ある方から「起業家は親が起業をしていたり、教師だという人が多い」と言われたことがあります。

全力でやり切って大学に合格

特に母から言われて強く心に残っていることがあります。それは例えば私が「そんなの無理だよ」などと言うと、母は「無理なんてことはない。あなたが無理だと思うからよ」というのです。そして「あなたが全力で、100%やり切ったなら結果が出なくてもいいし誇らしい。でも、全力でやり切っていないのなら悲しい」ということは、口癖のように言っていました。

物心ついてから、この言葉を言われるようになって以降、全力でやることへの意識が常に私の中にありました。

学校の体育祭や合唱コンクール、文化祭のために組んだバンド活動など、何事にも燃えて取り組む生徒だったと思います。全力でやれば結果が出る、という経験を何度も繰り返してきたような気がしています。

そして社会に出るまで、私の人生の中心はサッカーでした。神奈川県は高校選手権の予選では約200校がひしめく、全国有数の激戦区です。

私の通った多摩高校は普通の公立高校でしたが、みんなでお金を出し合ってトレーナーの方に来てもらい、夏場に走り切ることができるように鍛えてもらったり、練習メニューもみんなで考えて必死に取り組みました。その結果、顧問の先生が高校生だった時代以来、約30年ぶりに神奈川県でベスト16まで進むことができたのです。

こうした経験が積み重なって、私の中で母の教えが確固たるものになっていきました。続く大学受験では、10月までサッカー一色でしたから、当たり前のように浪人生活に入ります。そこで最も燃えていたサッカーがない1年間、どう命を燃やすか？を考えました。サッカーでは確固たる目標があり、それを達成するために日々頑張っているから毎日が楽しかったわけですが、これを勉強に求めてみようと決めました。

そうして一橋大学にターゲットを絞って勉強をしましたが、結局受験本番までに、模試では「D判定」しか出たことがありませんでした。前期試験には落ちましたが、後期試験のギリギリ直前まで自習室にこもって、まさに全力で勉強をしました。

その頃には、同じ年に受験する人は自習室におらず、次の受験を目指す高校3年生しかいませんでした（笑）。結果、後期試験で合格することができたのです。「お天道様は見ている」といいますか、全力でやり切った結果なのだと思っています。

サッカーへの夢が途絶えたことが転機に

大学入学後もサッカーに打ち込み、プロを目指していましたが、3年生の時に椎間板ヘルニアになってサッカーへの夢を諦めざるを得なくなりました。これは私にとって大きな転機になりました。プロサッカー選手になるだけなら実現できたのかもしれませんが、海外でプレーするといったアップサイドがないな、ということが自分で見えてしまったのです。

一つの夢、目標は途絶えてしまいましたが、そこで私はビジネスという新たな世界に出会うことができました。

卒業後に入社した野村證券でも、入社1年目からトップセールスを獲得することができました。仕事をしている中でも、学生時代と同様、全力で取り組んだことによって結果が出て、ということを繰り返してきました。全力でやり切れば、最初は結果が出なくても、最後の最後にどんでん返しが待っているという気がしています。「解決できないことはない」という思いを持つことができているので、何か試練に直面した時にでも、強く自分を保つことができているのだと思います。

私の人生の選択において、母から何かを言われたことはありません。いつも「あなたが決めたことだからいいんじゃない」といって見守ってくれています。大学在学中に起業を経験していたこともあって、野村證券を辞めて起業した時にも、母からは「起業はうまくいかない人の方が多いけど、あなたがやりたいのならいいんじゃない？」と言われたくらいでした。

一つだけ、何事においても「人様に迷惑をかけたり、傷つけたりしてはいけない」ということだけは言われていました。普段からいろいろなことを言うのではなく、節目節目で重要なことをバシっと言うタイプの母です。

今の私の思いは、世界中の人々が夢や目標に全力でチャレンジできる世の中にしたい、というものです。私自身、家族や周囲の方々が思いきりチャレンジできる環境をつくってくれたことで人生を切り開くことができましたし、何よりも毎日が充実しています。ビジ

冨田　和成

母・幸子さんと幼少期の冨田さん

ネスの世界で日々、夢や目標にチャレンジできることが本当にありがたいと感じています。

ドーンデザイン研究所代表（工業デザイナー）

水戸岡《みとおか》　鋭治《えいじ》

「とにかくフェアプレーが大事。『嘘をつくと心に傷がつく』という言葉が心に残っています」

ドーンデザイン研究所代表
（工業デザイナー）

水戸岡　鋭治

みとおか・えいじ

１９４７年岡山県生まれ。岡山県立岡山工業高校デザイン科を卒業。大阪、ミラノのデザイン事務所勤務を経て、72年ドーンデザイン研究所設立。88年「ホテル海の中道」（福岡）のデザインに参加。ＪＲ九州香椎線のリゾート列車「アクアエクスプレス」のデザインをきっかけに、ＪＲ九州の車両・駅舎などを多数デザイン。菊池寛賞、毎日デザイン賞、日本鉄道賞、ブルネル賞など数多くの賞を受賞。現在、ＪＲ九州デザイン顧問、両備グループデザイン顧問。

父の家具屋を支えた母

母・春子《はるこ》は、父・清治《せいじ》と共に、わたしの人生をデザインしてくれた「素晴らしいデザイナー」と言えると思います。

デザインとは総合的で創造的な計画を立てること。その意味では、親とは子供を健康に育て、得意なことを見出してあげる——。子供の将来をデザインする存在ではないでしょうか。

わたしの生まれは岡山県岡山市。父は吉備津の農家の次男として生まれ、親戚の家具屋に丁稚奉公をした後に独立。30人ほどの住み込みの職人が働く洋家具製造販売業を営んでいました。中国銀行の本店や支店の応接間などに置く家具を納めるなど、そこそこの商売ができていたようです。

家具職人の父は寡黙で恐い存在でした。父が家に帰ってくれば、5人きょうだいで賑やかだった家の中がシーンと静まり返るほど。当時、家督は長男が継ぐという時代。長男の自分が将来は家具屋を継ぐことになるのだろうと思っていたのですが、わたしがデザインの道に進んだことで家業は弟が継いでくれています。

一方の母は父とは対照的な性格で、明るく、人付き合いの好きな人でした。わたしたちの世話はもちろん、住み込みの職人たちの食事や洗濯などの面倒も全て母がみていました。そして、取引先などのお客様の応対も父に代わり、母が行っていました。

さて、そんな母の思い出として真っ先に浮かぶのは、母の口癖。「勉強しなさい」といった命令口調の言葉はほとんど言いません。むしろ、「何がしてえの?」と問いかけてくるのです。幼少の頃から勉強が苦手で、身体が弱かったわたしは運動も、さほど得意ではありませんでした。そんなわたしに対して母は「何がしたいのか?」と聞いて、わたしの得意なことを探っていたのです。

例えば、1950年代、わたしが小学校4~5年生のとき、絵が好きだったわたしのために、当時は高価なものだった油絵のセットを買ってくれました。実家の工場にはデザイン職人がいましたので、油絵に関する基本的なことを教えてもらいました。まだ「デザイン」という言葉がない時代。「意匠」「図案」といった言葉を知ったのもこの頃です。

わたしの絵に対する興味がどんどん高まっていることを感じた母は、絵の先生のところにも通わせてくれました。石膏デッサンや油絵を習ったり、あまり習い事が好きでなかったわたしですが、次々と課題が出るので、気が付いたら次々と絵に関する勉強が進んでいきました。

子供の欲しいものを手作り

他にも母がわたしに勧めたことは健康な体づくり。毎週土日になると、吉備津の父の実家に行って祖母のもとでのんびり過ごしました。のどかな自然に囲まれて、身体共に健康的になりましたし、水泳の学校にも通って実家の近くを流れる旭川という川で水泳を習いました。

さらに母は、わたしのあずかり知らないところで「海洋少年団」に入団させていました。海洋少年団とは幼稚園児から高校生までの男女の団員が海を訓練の場として、海に親しみ、団体生活を通じて社会生活に必要な道徳心を養うボーイスカウトの海版です。

夏休みになると、水泳の訓練からボート漕ぎ、手旗信号、テント張り、飯盒炊飯などをするのですが、突然入団させられたわたしにとっては厳しい訓練が戸惑いの連続でした。団員の中で一番年下だったので、八百屋への買い出しなどはわたしの担当。有無を言わさない厳しい環境を耐え抜いたお陰で、幼少期は病弱だったわたしも高校生になる頃には健康な身体になりました。

大正生まれの母はわたしたちの着る物を全て自分で作ってくれました。ズボンやシャツ、セーターやコートまで生地を買ってきてはゼロから縫ったり、編んだりしてくれるのです。それもきょうだい全員分。中学生くらいになると、「こんなものが欲しい」と母に要望を出すようになるのですが、母はわたしたちの希望するものを作ってくれました。

わたしが高校生のときには海水浴に行くために流行のカバンが欲しいと思い、「こんなものを作って欲しいんじゃ」と雑誌に載っていたカバンの切り抜きを母に渡すと、母は「どねんすりゃいいじゃろか」と言って苦心しながら作ってくれたのを覚えています。

長男のわたしが特別扱いされていたのかもしれませんが、わたしの欲しいものは母が工夫しながら手作りしてくれていました。そんな日々を送っていたこともあり、知らないうちにわたしの中にデザイン意識が芽生えていったように感じます。

わたしの絵が中学校で評価されたことがあり、卒業後の進路を決める際、選択肢としては大学を目指して普通高校へ、商業高校へ進学して家業を継ぐといった選択肢があったのですが、母はわたしの希望する岡山工業高校デザイン科への進学を勧めてくれました。わたしが自然とそのような選択をするように母が仕向けていたのかもしれません（笑）。

そんな母は着物しか着ない人で、洋モノは苦手。食べ物にしてもチーズやバター、肉は嫌いで、魚や野菜など和食が好きでした。さらに、明るくて楽しい人柄だったのですが、人混みが得意ではなく、映画館に行くと酔ってしまうといった一面もありました。ですから、人がたくさんいる鉄道の旅も苦手な人でした。

一方で、お茶や生け花、和・洋裁のみならず、三味線も麻雀も好きな人でした。家具屋に嫁いだことで仕事も忙しかったはずですが、家事も自分の好きなことにも一生懸命だった母の姿を見ていては、幼心に「この人はいつ寝ているのかな?」と思うほどでした。

母の行動を見ていて一貫していたと感じるのは「人のために働く」ということでした。たとえ不満を感じていても、そんなことは一切、口に出すことはありません。人のために身を粉にして働くことを厭わない人だったように思います。

母から怒られたエピソード

母から怒られたことはほとんどありません。ただ唯一、怒られたことがあります。それはわたしが嘘をつき、それが母にバレたときのこと。母は大きな声で怒鳴るわけでもなく、嘘が発覚してしばらくしたある日、ポツリと一言。

「嘘をつくと心に傷がつくよ。そしてその傷は一生持っていかにゃならんから、嘘は絶対についてはいけんよ」。それを聞いたわたしは傷が一生残ってしまうという恐れを心に刻みつけました。

それから、わたしの理想とする仕事の姿勢は「フェアプレー」になりました。正しいことをする、理屈に合っていることをする、強い者よりも弱い者の味方をする、はっきり物を言うことも大事だが、あえて曖昧にすることの方も大事である……。

もともと日本人が持っていた倫理観を母から様々な形で教えてもらったような気がします。人のために身を粉にして働くことが美しいといったことを常に母は言っていました。

そんな母は約15年前に77歳で亡くなり、母の後を追うように父も6~7年後に92歳で亡くなりました。わたしがデザインした列車に乗る機会はなかったと思いますが、母は独立したわたしが東京で開いた個展に苦手な新幹線に乗って観に来てくれたときは、心から嬉しく思いましたね。

77歳頃の母・春子さん。水戸岡さんの
人生に大きな影響を与えた

ケイアンドカンパニー代表取締役（ネスレ日本前社長兼CEO）

高岡《たかおか》　浩三《こうぞう》

「勉強もスポーツも1番になれ。母の後ろ姿から努力の大事さを教わって」

ケイアンド カンパニー代表取締役
（ネスレ日本前社長兼ＣＥＯ）
高岡　浩三

たかおか・こうぞう
１９６０年大阪府生まれ。83年神戸大学経営学部卒業後、ネスレ日本入社。各種ブランドマネジャー等を経て、ネスレコンフェクショナリーマーケティング本部長として「キットカット受験生応援キャンペーン」を成功。２００５年ネスレコンフェクショナリー社長。10年ネスレ日本社長兼ＣＥＯ。２０２０年４月１日より現職。

勉強もスポーツも1位を！

まさにスパルタ教育の母――。幼少期のわたしから見た母・清子《きよこ》の印象です。高校生くらいになると母の厳しさはなくなり、長男であるわたしをとても大事にしてくれていました。自分自身が小学3年生の頃にもなると、母のスパルタ教育は当たり前で、苦にならなくなったといった方が正しいかもしれません。

では、その母のスパルタ教育の中身とは何かというと、とにかく「やるからには1番になりなさい」ということ。「勉強もスポーツも、クラスや学年で1番を取らなければ意味がない」とよく言っていました。母自身がとても負けず嫌いの性格だったのです。

母はわたしや4歳年下の弟に手を挙げることはありませんでしたが、勉強などに対する母のプレッシャーたるや相当なもので、テストで95点だったときは母に叱られるのを恐れて、帰宅途中に破って捨てたことを覚えています。

ただ母のスパルタ教育には隠された意味がありました。それは勉強でもスポーツでも1番をとるためには、常に努力が求められるということです。また、最初から1番を取ることを諦めていては何も始まりません。

1位をとること自体に意味を置くのではなく、その過程が大事だということ。そんなことを母はわたしに伝えようとしていたように感じます。

母のお陰で小学校の成績は6年間、オール「5」。運動会の徒競走でも1位を取り続けました。小学校の生徒会に立候補するときも、演説の原稿を自分で考え、それを丸暗記して母の前で読み上げるなど、徹底した指導を受けました。

中学校でも5クラスで常にトップ。もともとわんぱくな気質だったところに、母から受け継いだ「負けず嫌い」の性分が備わったような感じでしたので、今でも弟からは「兄さんは外見は父さんに似ているけど、内面はお母さんそっくりだね」と言われます。

母にこっぴどく叱られた経験が2回あります。いずれも小学生の頃でしたが、1回目は同級生が自慢げに見せつけてきた鉛筆をわたしが折ってしまい、大泣きさせてしまったとき。

そして2回目は帰宅途中、飛ばした紙ヒコーキが田んぼの中に入り、それを取りに行こうとしたときに「歩きやすいな」と思って、米の苗を踏んで通ったときです。

特に田んぼの件のときは「農家さんが丹精込めて作ったお米の大事さをあなたには分からないの？」と怒鳴られました。母に怒られた以上にこたえたのは、同級生の保護者の家や農家の家に謝りに行ったことです。

わたし1人で行かせることはなく、母も一緒に来て玄関先で頭を深々と下げたのです。親に迷惑をかけたことに気づき、とんでもなく傷つきました。

そんな母と知人を介して結婚した父・圭三《けいぞう》は、母とは正反対の性格で優しい人だったのですが、大阪府堺市の自宅にはほとんど帰ってくることはなく、あまり遊んだ記憶はありません。

父は難波にあるゴルフ練習場の経営者だったので多忙だったのでしょう。趣味は釣りだったのですが、海や川に出向く本格的な釣りではなくて、街中にある釣り堀の釣りでした。

誕生日が「父の命日」

そんな高岡家が大きな転機を迎えます。それは父が42歳という若さにもかかわらず、肺がんで亡くなってしまったことです。わたしが小学校6年生になる直前で、わたしの誕生日に父が亡くなったのです。3月30日はわたしの誕生日であると同時に、父の命日でもあるのです。どこか縁を感じてしまいます。

母のスパルタ教育は父の葬式でも実行されました。喪主は母ではなく、わたしがつとめることになり、喪主挨拶を丸暗記させられたのです。母は早いうちから、わたしに長男としての自覚を植え付けたかったのかもしれません。

そして通夜の晩、わたしの人生を変える衝撃の事実を母から知らされることになります。

「実はあなたのおじいちゃんも同じ42歳のときに病気で亡くなったのよ」

2度あることは3度ある……。内心、そんな思いを抱き、自分もその歳になったら死んでしまうのではないかと思いました。その後、神戸大学を卒業して就職という岐路に立つわけですが、父の死を機に自然と「早く大きな仕事がしたい」と考えるようになっており、母譲りの負けん気も相まって外資系企業・ネスレへの就職につながっていきます。

父の死後、母は女手一つで息子2人を育てることになりました。父のゴルフ練習場で経理として働きながら養ってくれたのです。趣味でもある縫製の腕を生かして、わたしたちの服を作ってくれたりしたことは印象に残っています。

母の生活は、とにかく働きづくめで、元旦は休みではあるものの、1月2日には着物姿で出社。家に車があったわけでもなかったので、自宅の最寄り駅まで母を自転車の後ろに乗せて送ったりしていました。この頃になると、わたしも勉強に本腰を入れており、塾に通うこともできなかったので、家で勉強の日々です。

学校から帰ってきたら母が帰宅するまで寝て、夕飯を食べたら朝まで勉強する。負けず嫌いの母の姿を見ている中で、負けず嫌いとは勝つことを強いられるものであり、そのためには陰ながら努力が必要だ――。そんなことを自然と感じ取っていたように思います。

大学卒業を間近に控え、就職先を考えていた頃、先ほど申し上げたように、「祖父や父と同様、自分も短命かもしれない。もし短い人生であったとしても、チャレンジしてやり切れる環境にいたい」という思いがわたしにはありました。

そこで大きな仕事を短い期間でやり遂げるチャンスがありそうな外資系が就職先にいいと思ってネスレを選びました。自分が死んだ後に残された家族のことも考えて、退職後の年金制度が日本企業以上に充実していることもありました。

溢れんばかりの「キットカット」で送り出した

ところが、外資系企業に就職することに母は大反対。当然です。当時のネスレは現在の主力商品となるチョコレート『キットカット』もなく、せいぜい「コーヒーの会社？」といった程度の知名度。しかも、外資系といわれてもピンとくる時代ではありません。

母としては広告会社への就職を希望していたようです。母子家庭という引け目をどこかで感じていたようで、わたしのために家も建て替えてくれました。そんな母の期待とは裏腹の選択をとることになったわけですが、わたしがマーケティング本部長として「キットカット＝きっと勝つ」という語呂合わせで受験生応援キャンペーンを打ち出して大ヒットしたときは心から喜んでくれていました。

母はわたしが日本人として初めてネスレ日本の社長に就任する前に78歳で亡くなりました。棺には親戚や知人が母への贈る言葉を書いた「キットカット」を溢れんばかりに入れて送り出しました。

母から特段、心に残るような言葉をもらったわけではありません。しかし、父に代わって高岡家の支柱となり、長い人生、辛いことは誰にでも平等に訪れるけど、それを乗り越えることができるかどうか重要だ。努力ができるかどうかで人生が決まる——。そんなことを母の後ろ姿から教わったような気がします。

高岡　浩三

父の菩提寺である高野山の「清浄心院」に
お参りに行ったときの清子さん（右）

前日本経済団体連合会 事務総長・前駐バチカン大使

中村《なかむら》 芳夫《よしお》

「『自分1人では何もできない。周りの人達に感謝しなさい』という母の言葉を胸に」

前日本経済団体連合会
事務総長・前駐バチカン大使
中村　芳夫

なかむら・よしお
1942年11月東京都生まれ。65年慶應義塾大学経済学部卒業。68年同大学大学院経済学研究科修士課程修了後、経済団体連合会（現・日本経済団体連合会）入局。72年フルブライト奨学金により米国ジョージタウン大学大学院に留学、博士課程修了。2002年5月日本経済団体連合会専務理事、05年事務総長代行、06年5月事務総長、10年5月副会長、14年6月顧問・参与、同年6月内閣官房参与（産業政策）、16年駐バチカン日本国特命全権大使（20年4月10日まで）。

ミッション系の女学校で学んだ母

私の母・芳子は１９０３年（明治36年）に石川県の金沢で、印刷業を営む中山家に生まれました。私の名前の「芳」の字は母からもらったものです。母は年の離れた兄、私にとっての伯父が大学に入学した時、母は小学校低学年でしたが、一緒に東京に出てきました。

母にとって伯父は自慢の兄でした。伯父の中山喜久松《きくまつ》は日本興業銀行（現・みずほ銀行）に入行後、審査部の創設に関わり、理事などを歴任した後、公正取引委員会の初代委員長に就いた人物です。民間企業出身者として公取委委員長に就いたのは伯父だけです。歳が10歳ほど離れていましたから、母にとっては父親代わりでもありました。

母は東京で、女子学院の前身の1校である櫻井女学校に通いました。ミッション系の学校ということで英語をよく勉強したようで、私も小学生の頃から母に英語を教えてもらいました。

両親のなれそめは詳しく聞いたことはありませんが、女学校を卒業した後に、父・隆寿《たかとし》とはお見合いで結婚をしたようです。

父は軍人でした。陸軍士官学校、京都帝国大学（現・京都大学）を経て、技術将校として陸軍に所属していました。最終的には少将、燃料本部技術部長まで務めたのです。

私は5人兄弟の末っ子なので、いたずらをしたりすれば怒られましたが、どちらかというと甘やかされて育ったのだと思います。しかも、物心ついた時には戦後で、父は民間人になっていましたから、私にはそれほど厳しくなかったのですが、兄達には相当厳格に接していたようです。兄達には「お前に対しては甘かった。昔はもっとすごかった」と言われていました（笑）。

ただ、5人兄弟のうち、私を含む下3人は、元々は軍人の子弟が通う学校だった桐朋（旧・山水）中学校、高校に通いました。

子供の頃から、母から教えられたこととしては「感謝」の大事さに尽きます。人は多くの人に支えられて存在しており、例えば学校でも、先生から教えていただいているから勉強ができるし、スポーツにしても自分1人ではできないということを強く教えられました。

母はキリスト教の信者ではありませんでしたが、ミッション系の学校で学んだことで、こうした精神を私に教えたのかもしれません。この教えが後年、私をカトリックへ導いたのかもしれないと感じています。

私の性格は引っ込み思案で、人前で話をすることすら嫌でした。ましてや学芸会などは出たことはありませんでしたし、クラス委員にもなりたくないというタイプで、逆に、友人達から半ば強引にクラス委員に押し上げられたことがあるくらいです。

父兄会に母が出席した際には先生から、「おたくの息子さんは学校であまり発言をしない」と言われたそうで、母からは「あなたは学校で手を挙げていないそうじゃないの。今後は手を挙げて発言しなさい」と言われたこともありました。

高校2年生までは理系に進もうと考えていました。技術系だった父を始め、周囲がみんな理系だったことも影響しています。部活動も、星を見ることや天気図を書くのが好きだったこともあり、地学部に所属していました。それが高校3年生になって、いろいろ思うところがあり文系に転じ、慶應義塾大学経済学部に進学することになります。

学部を卒業した後、もう少し経済学を勉強したいと、慶應義塾大学大学院経済学研究科修士課程に入りました。専攻は財政学で、論文は租税政策に関するものを書きました。

経団連会長土光敏夫氏の教え

就職にあたっては、両親のうち特に父は、自分が京都帝国大学で博士号を取得した経験もあってか、私に学問の道に進んで欲しいという考えを強く持っていたようです。母は学問で苦労するよりは民間で働いた方がいいのではないか、という考え。

結果、私は学問よりは「生きた経済」に触れたいという思いで経済団体連合会（現・日本経済団体連合会）に入局しました。

入局後、最初に配属されたのが理財部（現・経済本部）で、税制に携わりました。自由民主党の税制調査会が開かれた時などには、壁に耳を当てて中の様子を必死に聞き取ろうとしたことが思い出されます。税がどのように決まっていくのかといった、まさに「生きた経済」を勉強させてもらいました。

また、72年からのフルブライト奨学金による米国ジョージタウン大学への留学も得難い経験です。ベトナム戦争の最中で、ワシントンのデモで催涙ガスが撒かれたこともありました。苦しい時代の米国でしたが、キャリアの多様性、再挑戦ができる社会の魅力に触れました。

働く中で意識してきたのは、自分が自分がと前に出るのではなく、みんなの意見を聞いて、支え合わなければ物事が前に進まないということです。特に経団連は会員の方々のご意見を聞いてまとめていくことが大きな仕事の一つです。一人よがりの提案をしても会員のため、経団連のため、ひいては国民、経済のためにならないということなのです。これは子供の頃に母から教わった「感謝の教え」が生きていると感じています。

若手時代の最大の思い出は、土光敏夫さん（石川島播磨重工業＝現・ＩＨＩ＝社長、東芝社長・会長、経団連会長、第二次臨時行政調査会会長等を歴任）の秘書を2年間務めたことです。この経験は私にとっては「宝」のようなものです。

土光さんはいつも「過去を振り返るな」、「足跡を見るな」とおっしゃっていました。それはいろいろなことを前向きに、クリエイティブに考えなさいという教えだと思っています。

私は土光さんのスピーチライターも務めましたが、「同じ内容を書くな」、「俺の知らないことを書け」と言われ続けました。非常に大変でしたが、大きな経験になりました。

過去から未来は生まれません。ポスト・コロナの日本でも新しい社会が築かれていくものと思いますが、そこには新しい考えが必要です。

もう一つ、土光さんからは「絶対に誰かがおまえのことを見ている」と言われていました。私の歩みは決して順調なものではありませんでしたが、この土光さんの言葉を胸に努力をしてきたつもりです。

大使として、ローマ教皇の38年ぶり来日に努力

私は結婚した際にカトリックの洗礼を受けたのですが、クリスチャンネームは「マシュー」です。洗礼の後見人、ゴッドマザー（代母）から「あなたの専門は何ですか？」と聞かれ、「税です」と答えたところ「では、徴税人のマシューね」と言われて決まったものです。

私は2016年から駐バチカン日本国特命全権大使を拝命して赴任したわけですが、現在のローマ教皇、フランシスコ教皇の肩の紋章「憐れみ、そして選ばれた」は「マシュー」に由来しています。

私が赴任した際に公邸で行われた着任レセプションで、皆さんに自分のクリスチャンネームについて「私は罪深い徴税人です。この罪を償うためにバチカンに来ました」と話したところ、非常にウケました（笑）。

バチカンでの私の使命は、ローマ教皇の来日を実現することだと考えて努力してきました。教皇ご自身は日本に強い親近感を持っておられますが、バチカン全体として来日を推し進める雰囲気ではなく、教皇訪日の環境をいかにつくるかに努めました。結果、19年に

38年ぶりのローマ教皇来日を実現できたことは感無量です。それまでの仕事の経験が全て生きたと感じています。

母は93歳で亡くなりました。思えば、いつも心配をかけていたような気がしています。私の元気がないと見れば、直接言うのではなく兄達に「芳夫の元気がない」と連絡をして、兄から飲みに誘われて励まされるといったこともありました。特に健康に気をつけていた感じはありませんでしたが、私達息子の行く末が気になっていたのかもしれません（笑）。

晩年は私達家族と二世帯住宅に住んでおり、最期を近くで一緒に過ごすことができたのはよかったなと感じています。

家族写真。右端に母・芳子さん、その膝上に中村さん

千代田化工建設社長

山東《さんとう》　理二《まさじ》

「『物事に動じない人間になりなさい』という母の教えが、今も頭に残っています」

千代田化工建設社長

山東　理二

さんとう・まさじ

1957年10月和歌山県生まれ。81年東京大学法学部卒業後、三菱商事入社。チリ三菱商事社長、執行役員インフラ事業本部長、同中南米統括などを歴任。2017年6月千代田化工建設社長に就任。

「ハイカラ」で社交的な母

私の母・貞子は1932年（昭和7年）に和歌山県和歌山市で染物屋を営む八幡《やはた》家に6人きょうだいの長女として生まれました。実家は街の中心部にあり、地元では老舗として知られてきました。

母方の曽祖父が市議会議員を長く務めていたことがあり、祖父も街の世話役のような立場だったそうです。そのため私が子供の頃、母の実家に行くと、いつも大勢のお客さんや街の人が出入りをしていて、まるでホームドラマのように賑やかだったことを覚えています。

そして八幡の家は話好き、世話好きな人達ばかりです。母も社交的で、今から思うと「ハイカラ」なタイプです。例えば、私が覚えている限り、家での食事は洋食でした。基本はスープで、味噌汁はほとんど飲んだことがありません。

そして、おやつは母の手作りでしたから、小銭を手に駄菓子屋に行く友人達をいつもうらやましいと思っていました。さらに、餃子は高校に入学するまで知りませんでした。友人達からも「おまえ、餃子知らないのか！」と驚かれました（笑）。

私自身は兄との2人兄弟です。兄に対する教育についてはわかりませんが、私に対する教育方針は「放任主義」で、勉強しなさいと言われたことはありません。ただ、学校のテストでいい点数を取った時などは「やっぱり、あなたはよくできる！」といって必要以上に褒めてくれるのが常でした。乗せるのが上手だったということが言えます。

また、私が昆虫に興味があると見れば「すごいね！昆虫の本、買ってみる？」といって本を買ってくれるなど、うまく私の興味関心を引き出してくれました。

小さい頃の私は腕白でした。例えば地元には紀州徳川家の居城だった和歌山城がありますが、ある時、この石垣を登ったことがありました。もちろん、落ちれば大ケガですから今振り返ると本当に危険ですが、何か他の人がやらないことをやりたいという思いがあったのだと思います。たまたま、私のことを知っている方がそれを見て、「あれは八幡家の孫だ」ということで祖父に連絡が行き、こっぴどく怒られたことがありました。

子供の意思は常に尊重してくれました。兄は中学3年生の時、何かの本に影響されたのか、突然「大人になったら商社マンになりたい」と言い出しました。そのためには東京の大学に進学しなければならない、しかもその附属高校に入らなければならないというのです。

母は「あなたがそうしたいならいいよ」といって、兄は高校1年生から東京で下宿生活を始めました。当時、和歌山から1人で高校から下宿するというのは珍しいことでした。内心は不安もあったのかもしれませんが、おくびにも出しませんでした。

兄の影響もあってか、後に私も高校から神戸で下宿生活を始めます。この時の下宿先のおばさんには、両親とは違う形でいろいろなことを教えてもらい、非常に感謝をしています。個性ある仲間達にも囲まれて、世間が広がった3年間でした。

「サラリーマンになれ」と鉄工所を経営する父

父は名前を康男といい、1928年（昭和3年）に生まれました。私の祖父の代から小さな鉄工所を経営しており、父が後を継いでいました。母とは対照的に、口数は少ない方です。2人はお見合いで結婚しました。

子供の頃の記憶では、父はいつも仕事が忙しく、家にほとんどいませんでした。そして夜になると、お客さんと接待で酒を飲んだ後に折詰を持って帰ってくるという姿を覚えています。

父はお酒が好きで非常に強いのですが、母がお見合いの席で「お酒は飲みますか？」と聞くと父は「少々」と答えたそうです。母は今でも「あれは騙された」と笑いながら言っています。

また、父は体も強い人で、大学時代にはラグビーに打ち込んでいました。食欲も旺盛だったようで大学時代、とんかつを10枚食べたら無料というチャレンジをして、完食したことを自慢にしていました。

仕事中心で口数の少ない父と、外交的で世話好きの母という対照的な2人です。教育については必然的に母が中心となります。

家の鉄工所は小さいとはいえ、父は経営者でしたから、工員の方々から、小さいぼんぼんから変化した「こぼんちゃん」、さらに縮まって「こぼちゃん」と呼ばれていました。そのうちに両親や兄、親戚も「こぼ」と呼ぶようになり、今も続いています。

母から言われたことで強烈に印象に残っているエピソードがあります。ある時、テレビで国会中継をやっており、当時の佐藤栄作首相が演説をしていました。すると母が佐藤首相を指して「こぼ、この人をよく見なさい」と言います。

すごい野次なので、「こんなに野次られる人になってはいけない」と言われるのかと思ったら、そうではなく「この人は、こんなに周りから野次を飛ばされても、眉一つ動かさずにきちんと演説をしている。あなたもこういう人になりなさい」と言われました。この「物事に動じてはいけない」という教えは、母から言われた言葉の中でも最も強く印象に残っています。

私達兄弟は選んだ進路について両親から何かを言われたことはないのですが、常々「あなた達はサラリーマンになりなさい」と言われていました。その理由は、父が経営していたのは小さな鉄工所ですから、非常に苦労が多いわけです。この苦労を私達にさせたくないという思いを強く持っていたようです。

その結果、兄は初志を貫徹して住友商事に入社、私も三菱商事に入社し、2人ともサラリーマンとなりました。ただ、私は2017年から会社の経営に携わる立場となりました。もちろんオーナーではありませんが、一つの組織を責任を持って経営していくことの大変さを知るにつけ、あの時両親が言いたかったのはこういうことだったのか、というのが少しわかるようになった気がします。

「国際協力の仕事を」と商社を志望して

私の「人と違うことをやりたい」という思いは大学に入ってからも変わりませんでした。そして大学受験という高校時代の最も大きい目標がなくなり、大学生活を送っていても「今のままでいいのだろうか」と感じることが多くなりました。

そこで生来の冒険心、「広く世の中を見てみよう」という思いが強くなり、大学2年生の時に1年間休学して、旧ソ連、イラン、中東、アフガニスタン、欧州各国などユーラシア大陸の国々をバッグパッカーとして巡りました。

この旅では生活が苦しい方など本当にいろいろな人々に会いましたが、この時に「自分にできることは何かないだろうか？」と感じましたし、国際協力の重要性を痛感しました。その意味では私の原点となっています。

商社を志望したのは、やはり国際協力など海外で仕事をしたいという気持ちからです。実際、入社後に配属されたのは国際援助などを担当する部署でした。私は南米チリに2回駐在していますが、最初の時には母は叔母と一緒に訪ねてきました。

母はバッグパッカーとしての旅の際も「あなたが行きたいと思うなら、体に気を付けて行ってらっしゃい」とだけ言いました。ただ、私が大人になってから、母と一緒にいる時に救急車のサイレンが聞こえた時に「あなたが子供の頃、あなたが外に行っている時には、救急車の音がするたびに『これは、こぼじゃないか』と心配していた」と言われたことがありました。

口には出さずとも、いつも心配してくれていたのだということが、改めてわかりました。息子の成功を祈って写経をしているということも聞きました。

また、これも後に徐々にわかったことではありますが、母が私に何も言わないのは、自分が何か言う言葉が息子の重荷になるのでは、ということを心配していたからだったのです。私が千代田化工建設の社長に就いてからも、本当はいろいろ聞いたり言ったりしたいのでしょうが、母からは「体に気を付けなさい」と言われたくらいです。

父からは「社長は発言がブレてはいけない」と言われました。普段、何も言わない父からの言葉だけに新鮮でした。実現できているかはわかりませんが、意識して経営に当たっています。

おかげ様で両親ともに健在です。いつも「あなた達の世話にはならない」といって2人で頑張っています。好きに歩ませてくれて、陰で応援してくれた両親に、改めて感謝をしています。

琵琶湖をバックにした山東さん（左）と母・貞子さん

佐々木常夫マネージメント・リサーチ代表取締役（東レ経営研究所元社長）

佐々木　常夫

「母親である前に1人の女性だった母。
目線の高さを同じにすることを学んで」

佐々木常夫マネージメント・リサーチ代表取締役（東レ経営研究所元社長）
佐々木　常夫

ささき・つねお
１９４４年秋田県生まれ。69年東京大学経済学部卒業、東レ入社。自閉症の長男とうつ病の妻を持ち、育児、家事、介護に追われる中で、破綻会社の再建や事業改革に従事。２００１年同期トップで取締役に就任。03年東レ経営研究所社長、10年特別顧問。内閣府男女共同参画会議議員や経団連理事、東京都の男女平等参画審議会の会長、大阪大学法学部客員教授などの公職も歴任。

裕福な専業主婦から一転

母・勝枝《かつえ》に対し、わたしは高校生の頃から他の3人の男兄弟とは違った視点で捉えていました。それは「母親」というよりも「1人の女性」として、母のことを捉えていたということです。そして母もわたしのそういった視線を感じ取っていたように思います。

母は歴史や文学に造詣が深く、父が一目で結婚を決意したほどの器量を持つ才女。特に短歌については類まれな才能を発揮し、短歌の雑誌に投稿した母の作品が入選することもしばしば。母は言葉をとても大事にする人でした。

母の子供の教育については読書を勧めてきました。河出書房の『世界文学全集』や『日本文学』を毎月1冊ずつ、わたしたちに読ませました。この習慣がわたしの本好きにもつながっていきました。

母は生まれの秋田市で父・健三郎と結婚。父は秋田で指折りの商家の次男坊として生まれ、学業成績は抜群で運動神経もあり、裕福な家庭で育ちました。母と結婚したときは、その一帯の家、約10軒を親から譲り受け、その家賃収入と銀行員としての収入で、わたしたちはお金に全く心配のない環境の中で育ちました。

ところが、そんな不自由ない生活が一変します。父が結核を患ったのです。ペニシリンなどの薬代や入院代に多額の出費を余儀なくされ、持ち家は1軒ずつ手放さざるを得なくなり、父が31歳でこの世を去ったときには、母にとって我が家の資産は、自分の住んでいる家のみという、まさにどん底の状態でした。

母は27歳という若さで未亡人になりました。父の死を境に、専業主婦だった母は小さな男の子4人を抱え、働きに出たのです。私が6歳、小学1年生で、兄が8歳、双子の弟が4歳でした。母は父の兄の卸商の店員として働き始めたのですが、40歳頃までは毎日朝6時半には家を出て、夜の10時過ぎに帰宅という日々。休みは年に数日という激務をこなしていました。

母は父に代わって子供たちを育てなければならないという強い使命感を持っていたように思います。学校のPTAの会合でも、多くの母親が綺麗な洋服をまとっての出席だったのに対し、母は仕事着。

そういった姿をわたしたちはつぶさに見てきたのです。母が口にしなくても、母の黙々と仕事と家事に取り組む姿勢を見ていたわたしたちは母の懸命さを肌で感じ取っていました。ですから、ひねくれようがありません（笑）。

しかし、それだけ仕事が激務だった母の女手1つでは到底、4人の子育てまで手が回りません。そこで母は母校の女学校の伝手《つて》を辿り、故郷で山形県との県境にある象潟《きさかた》町から高校を卒業したばかりの「芙美子さん」という人に手伝いに来てもらったのです。

芙美子姉さんは母の代わりに毎日、わたしたちの朝食や弁当を作ってくれるなど、とても優しい女性でした。わたしが小学6年生のときに、芙美子姉さんは象潟にお嫁に行ってしまったのですが、そのときの別れの辛さは今でもまざまざと記憶にあります。

忘れられない出来事

母の話に戻すと、専業主婦だった頃の母からは溢れるばかりの愛情を受けて育てられましたが、父亡き後、母は父の代わりに父性を余すことなく発揮してきたのです。

中でも、「挨拶をする」「時間や約束は守る」「嘘をつかない」「人のものをとったりしない」といった人として当たり前の基本・原則は父が亡くなる前からわたしたちに厳しく叩き込んでくれていました。

特に忘れられない出来事として、父が亡くなる前、近所の庭先で美味しそうなリンゴが実っており、それを出来心で盗んでしまったときのこと。父がリンゴをあまり好んで食べていなかったこともあり、我が家ではあまりリンゴが食卓に出てくることはありませんでした。そんな背景もあって、わたしは盗んでしまった。

それを知った母は激怒。母に連れられてそのご近所に謝罪に行きました。そしてその帰り道、近くに子供が溺れてしまったプールがあったのですが、母はそのプールを指さし、「今度やったらお母さんと一緒にここで死ぬからね」と呟くのです。この言葉を聞いてわたしは背筋が凍り、二度と同じ過ちはしないと誓いました。

そんな愛情と厳しさという母親らしい側面がある一方、母とわたしの関係で特筆すべきは、冒頭で申し上げたように、母が1人の女性としてわたしと接していたということです。東京の大学に進学したわたしは年に数回、秋田に帰郷していたのですが、いつも母は待ちかねていたように帰郷したわたしに様々な話を楽しそうにしてきました。

その内容が、母の昔のことから始まって、仕事のことや友人のこと。果ては昔の恋人の話まで。かつての恋人からもらった手紙やその恋人に恋焦がれる気持ちを綴った母の短歌も見せてもらいました。

母は46歳で再婚したのですが、再婚を決める際、他の3人の兄弟ではなく、わたしに対し、母から2つのことを相談されました。1つ目は「昔の恋人からの手紙をどうすべきか」。2つ目が「自分はぽっちゃりしているけど、女性として見てもらえるか」――。

もちろん、1つ目については、手紙は全てわたしが預かることにしました。そして2つ目については、相手は母を愛してくれたのだから結婚を申し込んできた。だから何の心配もいらないよと答えました。息子ではなく友人などに相談するような内容ですが、まるで嫁入り前の娘のような感覚を母から感じました。

障がい者の子供、うつ病の妻

母とわたしは母と子である一方で、目線の高さが同じだったのです。この感覚はわたしが東レに就職したとき、上司を役職で呼ばず、部下に対しても、「さん」付けで名前を呼んでいたことにもつながります。それは子供に対しても同様で、子供である前に1人の男・女であり、対等だという感覚がわたしにはあったのです。

わたしの生き方や考え方で最も影響を受けたのが母の教えであったことは、歳を重ねてから気が付きました。中でも「運命を引き受けなさい。それが生きるということです」。わたしが大事にしているこの言葉はまさに母から学んだものでもあります。

母が口に出してはっきり言った言葉ではありませんが、若くして夫を亡くし、小さな4

人の子供を抱えて働かなくてはならない苦しい状況の中で、母が自分を鼓舞するかのように、このような趣旨のことを言っていました。

東レで取締役経営企画室長まで上り詰めた後の東レ経営研究所への〝左遷〟。障がいの子供を持ち、うつ病の妻を抱えながらの仕事と家庭の両立。仕事にしっかり取り組みながらも、子供と妻とも正面からしっかり向き合うこと。そういったときに母のこの言葉はわたしの指針になりました。

母はわたしが東レの取締役になる直前、79歳で亡くなりました。わたしがその後、著書『ビッグツリー』でベストセラーになる姿を見てもらうことはできませんでした。今でも母と親しかった秋田のご近所さんからは2カ月に1回、電話がかかってきます。「お母さんが生きていたら、どんなに喜んだことでしょうね」

母に育ててもらったことを心から感謝する日々です。

佐々木　常夫

佐々木さん（上列左）にとって、母・勝枝さん（右端）は母親であり、１人の女性でもあった。左端が芙美子さん

シナ・コーポレーション代表取締役

遠藤《えんどう》　功《いさお》

「母は洋服でも食でも人間関係でも〝本物〟と出会うことの大切さを教えてくれました」

シナ・コーポレーション代表取締役
遠藤　功

えんどう・いさお

1956年東京都生まれ。79年早稲田大学商学部卒業後、三菱電機入社。米国ボストンカレッジ経営大学院に留学し、MBAを取得。88年ボストン・コンサルティング・グループ、92年アンダーセン・コンサルティング（現アクセンチュア）、97年日本ブーズ・アレン・アンド・ハミルトンパートナー兼取締役、2000年ローランド・ベルガー日本法人社長、06年会長などを経て、20年7月より現職。早稲田大学大学院商学研究科教授などを歴任。現在は良品計画社外取締役、SOMPOホールディングス社外取締役などを務める。

女医の祖母に育てられた母

子供に愛情をたっぷり注ぐ子煩悩な母――。それがわたしの母・眸《ひとみ》でした。ただ、母の振る舞いとして特徴的だったのは、「着る物でも食べる物でも本当に良いものを選びなさい」というもの。ですから、よく口に出していた言葉は「安物買いの銭失い」でした。

合理的な考え方をするのは母の育った環境が影響していたと思います。母方の鈴木家は祖父が役人で、祖母が女医という家柄。祖母は東京の練馬区関町で開業していたのですが、当時は1950年代、女医という存在は珍しかった。幼い頃、祖母のところにはよく出かけた記憶がありますが、子供ながらに白衣姿で颯爽と歩く祖母の姿を見ては「かっこいいおばあちゃん」という印象を抱いていました。

母は3人姉妹の長女。家庭は比較的裕福だったと思います。そんな家柄ということもあって、母は小さい頃から〝本物〟の品に囲まれて育てられたのだと思います。ですから、母は進歩的でモダンな考えをする人でした。

一方の父・巌《いわお》の家系は母方と違って、まさに昭和の大家族。9人兄弟だった父はあまり表に出たがらない母とは対照的に、とても社交的な性格。父の家系は埼玉県菖蒲町で

「星川亭」という料理屋を営んでおり、鰻などの川魚料理を提供して繁盛していたようです。しかも、店は大相撲巡業の宿泊場所になるほどの〝大箱〟で、料理人や女中さんも数多く抱えていたと聞いています。父は今でも健在ですが、鰻に関しては今でも特にうるさいです（笑）。

そんな父母の間の2人兄弟の長男としてわたしは生まれたのですが、両親から「こうしろ」「ああしろ」と言われた記憶はありません。習い事をするにしても自分で「やりたい」と言わない限り、特段、両親から「やりなさい」と強制させられるようなことはありませんでした。

2人から面と向かって言われたわけではありませんが、「自分の人生なのだから、自分の好きなように生きなさい」というのがわたしの両親の基本的な子育てのスタンスだったと思います。子供をひとりの人格として認め、よけいなことは言わないというのが遠藤家のポリシーでした。

人の命を救うために1秒も無駄にできない女医だった祖母の躾だったのかもしれません。母は時間には厳しい人でした。遅刻や寝坊には特に厳しかった。それを見て育ったわたしも小さい頃から時間には正確で、寝坊して母に怒られたことは一切ありませんでした。自然とそのような感覚が身についていた気がします。

「本物」を選ぶセンス

そんな母は冒頭で申し上げたように、洋服でも食べ物でも「本物を見抜く眼」を持っていました。別にブランド好きだったわけではありません。品定めをし、「いいもの」を選んだ結果がブランド品だったということです。白洲正子ほどではないにしても、母はそれなりの〝目利き力〟を持っていたようです。

例えば、わたしが大学生になって母に初めてスーツを買ってもらったことがありました。服を買うのはいつも東京の「新宿伊勢丹」。母の妹（次女）が伊勢丹勤務だったこともあって、割引で買うことができたのですが、それよりも伊勢丹に母の好みに合ったものが揃っていたのです。

母が選ぶネクタイはイタリアの「エルメネジルド・ゼニア」やフランスの「ドミニック・フランス」といったものばかり。正直、わたしは何でも良かったのですが、母の選んだものはセンスが良かった。母がこれらのブランドを知っていたとは思えないので、モノの良さで選んだのでしょう。

母は「ちょっとくらい高くてもいいものを買いなさい。その方が大切に長く使うから」といつも言っていました。母には素材や織、デザインで「本物」を選ぶセンスが備わっていたのです。このときわたしは世の中には「本物」と「偽物」があることを母から学んだ気がします。

この目利き力は「食」でも同様でした。母はかなりの偏食かつ粗食だったのですが、自分が食べるものには、こだわりを持っていました。子供たちには奮発して高級牛肉などを食べさせていましたが、自分は佃煮でササッとお茶漬けみたいな食事で済ませる。それでも、その佃煮は三重県桑名市に本店のある「貝新」のものしか食べない。

佃煮などは近所の商店街でも売っているのですが、母はわざわざ三越や高島屋の貝新にまで買いに行っていました。貝新の佃煮と言えば、はまぐりの佃煮1粒でも数百円はする高価なもの。それだけ母は「本物」にこだわる人だったのです。

そんな母とわたしの関係といえば、親子の関係というだけでなく、友達関係のような距離感もありました。学生時代には母と2人でよく新宿の伊勢丹で洋服などの買い物をしに出掛けたものです。買い物に出掛けると、中村屋でインドカレーを食べ、タカノフルーツパーラーでお茶をする。わたしが大学生になっても、母とは頻繁に買い物に出掛けていたのでおかしいと思われるかもしれませんが、そのくらい母とは近い関係でした。

現金書留に入った1万円の意味

母とのやりとりで印象に残っている出来事があります。大学を卒業して三菱電機に就職したわたしの最初の勤務地は名古屋。生まれ育った東京の実家を出て始めた寮生活での初めての一人暮らし。おそらく母は心配していたと思うのですが、わたしから手紙を送ったり、電話をかけることはありませんでした。

当時のわたしの初任給は9万8000円。そこから寮費などが天引きされると、手元に残るのはごく僅か。薄給の身でありながらも仕事は忙しく、実家にはほとんど帰りませんでした。今から思えば、東京―名古屋など距離的には近いものでしたが、当時は心理的にも金銭的にも本当に遠く感じていたものです。

名古屋赴任から1年ほどが経ったある日、寮に母から現金書留が届いたのです。中には現金1万円と母からの短い手紙が入っていました。手紙には「帰ってこい」とは書かれていませんでしたが、これは「一度帰ってきなさい」というメッセージなのだとわたしは受け取りました。

ところが、その1万円は寮の近くの飲み屋のツケの返済に消えてしまいました。それからも数カ月ごとに現金書留が届いたのですが、わたしは家には帰りませんでした。わたしの帰郷を、首を長くして待っていたであろう母には本当に申し訳ないことをしたと思っています。「親の心子知らず」とはまさにこのこと。それでも母から「帰ってきなさい」といった連絡はありませんでした。

母は2004年、わたしがローランド・ベルガーの社長時代に72歳で亡くなりました。10年近く入退院を繰り返していたのですが、母の本物志向は入院中も変わりませんでした。病院食などはほとんど口にせず、料理好きの父が母好みのおかずを作って持っていっていましたし、わたしも見舞いに行くときには、母親の好物だった貝新の佃煮や千疋屋総本店のフルーツゼリーなどを持参して行ったものです。

わたしが早稲田大学ビジネススクールの教授になったときには母はとても喜んでくれたようです。祖父が大学の先生になりたかったこともあり、子供が自分の父親の夢を叶えてくれたということで喜びもひとしおだったのでしょう。でも、わたしに直接言ったことはありません。

母からは常に「本物」を選ぶ大切さを教えてもらいました。これは洋服や食に限りません。人間関係でも「本物」の人たちと出会うことが何より大切であると思っています。幸いにも、わたしは40年間のビジネスキャリアにおいて「本物」の人たちと数多く出会うことができました。「本物」と出会うことによって人生は豊かになる――。そんな境遇に導いてくれた母に感謝する日々です。

遠藤　功

常に「本物」を選ぶ大切さを教えてくれた母・眸さん（左）

ゴディバ ジャパン社長

ジェローム・シュシャン

「いつも『何とかなるよ、大丈夫だよ』と励ましてくれた母の言葉が今も心に残っている」

ゴディバ ジャパン社長
ジェローム・シュシャン

ジェローム・シュシャン

1961年フランス・パリ生まれ。HEC Paris経営大学院卒業。85年メレリオ・ディ・メレー入社。89年フランス国立造幣局日本支社代表、99年ラコステ北アジアディレクター、2002年LVMHグループ・ヘネシービジネスディベロップメントディレクター、05年リヤドロジャパン社長、10年リヤドロアジア統括CEO、同年ゴディバ ジャパン代表取締役社長に就任。著書に『ターゲット〜ゴディバはなぜ売上2倍を5年間で達成したのか?』(高橋書店)、『働くことを楽しもう。ゴディバ ジャパン社長の成功術』(徳間書店)がある。

母は平和を求めてフランスへ渡った

私の母・アンナは1937年にポーランドで生まれました。私自身、母の実家のことはあまり詳しくは聞いていないのですが、ポーランドには1939年、ドイツが侵攻し、これが第2次世界大戦の始まりとなりました。母達は戦火を逃れ、平和を求めてフランスにやってきたのです。

母はフランスで、代々家具店を営む家に生まれた父と出会い、結婚しました。私は過去ではなく、常に未来を見ていたいタイプのため、両親の馴れ初めは聞いたことがありません。ただ、両親を早くに亡くした母はフランスで、失ってしまった平和と、家族を得ることができたのは確かです。

母は聡明で、いつも前向きな、強い人でした。家のことも常にしっかりこなしていました。そして私に対してはいつも「自由」をくれました。

私の性格は自分に厳しく、どちらかというと心配症でした。両親にこの傾向はありませんから、生来のものなのだと思います。母から言われなくても、いつも「宿題をやらなければいけない」、「勉強しなければいけない」と思っていました。

それに対して母は「心配しなくていいよ。何とかなるよ、大丈夫だよ」といつも明るく言葉をかけてくれました。これにはいつも励まされており、精神的にいいバランスを保つことができました。ちなみに私には妹がいますが、彼女は私ほど自分に厳しくなかったらしく、さらに自由に育ってしまいました（笑）。

子供の頃の私は学校帰りに友人達と公園でサッカーをするのが毎日の楽しみでした。「将軍」と呼ばれたミシェル・プラティニがみんなの憧れで、彼が所属していたＡＳサンテティエンヌが強かった時代です。

サッカーが終わると、みんなでおやつです。そこでは母が用意してくれたショコラなどのスイーツを食べたことが思い出されます。これが私のスイーツとの出会いで、今の仕事につながる原点とも言えます。

好きな仕事ができなかった父の背中に

父は芸術家肌の人でした。絵を描くのも、ダンスも上手で本人も芸術の道に進みたかったようですが、家業である家具店を継ぐことになり断念したのです。週末はいつも絵を描いていた姿が思い出されます。

日本には「背中で教える」という言葉がありますが、父は私にとってそういう存在でした。父は芸術をやりたい自分と、決して好きではなかった仕事との間で葛藤を抱えていました。そういう姿を見て、私は好きな仕事をしなければいけないと強く思うようになりました。

進路については、私自身の意志が強かったこともあり、両親から何かを言われたことはありません。高校を卒業する際に大学入学資格であるバカロレアがあり、その後グランゼコール（フランス独自の高等教育機関）で学ぶわけですが、当時の私は理工系のエコール・ポリテクニークなどに進んでエンジニアを目指すか、HEC経営大学院のようなビジネススクールに進むかを迷っていました。

そこで、月曜日に理工系の授業、火曜日にビジネスの授業を受けるという形で両方を経験し、水曜日にはHECに進むことを決めました（笑）。

遡れば、私が様々な本を読むようになるきっかけを与えてくれたのは母でした。私にとって最初の本は哲学者・ジャン・ポール・サルトルの『言葉』です。

私と日本とのつながりが生まれたのは大学時代のことですが、これも本との出会いからです。ある時、「禅」の本と出会い、精神的な部分、自然との調和、瞬間の大事さといった点に強い興味を抱きました。最初は発祥の地である中国について調べていましたが、禅が今も残っているのは日本だと知り、日本に行こうと決意しました。

当時は学生ですからお金がありません。そこで飛行機で東京に渡った後は、目的地である福井県・永平寺までヒッチハイクで向かいました。

それ以前に米カリフォルニアでヒッチハイクをしたことがいい思い出になっていましたが、日本でも行く先々で皆さんに親切にしてもらい、本当にいい旅になりました。

社会に出た後、折に触れて日本と関わる仕事をすることになりますが、最初は自分から望んだものではありませんでした。

グランゼコールを卒業した後、当時のフランスには徴兵制度がありましたが、外国に行ってビジネスをすれば、兵役と同じ扱いにするという規定があり、そこで日本とのご縁ができました。

結果、日本人の女性と結婚し、家族ができたわけですが、ここまで日本との結びつきが深くなるとは思っていませんでした。

弓道を始めたことも大きいと感じます。この「道」に打ち込んで30年以上になりますが、より一層、日本から離れにくくなりました。気がつけば滞在が5年になり、10年になり……という形で現在に至ります。

両親はおそらく、私に近くに住んで欲しいと思っていたでしょうが、言い出したら曲げない私の性格をよくわかっていますから諦めていたかもしれません。ただ、母は4年前、父は15年前に亡くなりましたが、晩年には私が近くにいないことへの不安を漏らすこともありました。

離れて暮らしていても、母とは常にコミュニケーションを取っていました。私が仕事上の人間関係など課題を抱えている時などは、母の「ポジティブシンキング」に助けられました。

コップに水が半分だけ入っているのを見て、「まだ半分もある」と捉えるか、「もう半分しかない」と捉えるかという問いがありますが、どちらかというと私は後者の心配性でした。しかし母はいつも前者で「どうにかなる、いい方向に向かうよ」と励ましてくれたのです。

結果、どんなに心配しても、現実はそこまでひどいことにはならないですし、多くの場合、母の言った通りにいい方向に向かうのです。そういう経験を積み重ねて、将来はどうなるかわからなくても物事をポジティブに、前向きに見てみようと思えるようになりました。これは本当に母のおかげです。

顧客に幸せを運ぶために社員も自分らしく

私がゴディバ ジャパンの社長に就いてから、経営上の様々な変化がありました。15年にはそれまで百貨店内の店舗を運営してきた片岡物産との契約が終了して日本における全店舗が直営になり、19年には親会社がトルコの食品大手・ユルドゥズ・ホールディングから、投資ファンドのMBKパートナーズに変わりました。しかし、周囲の状況の変化があっても、自分のビジョンはぶれないように心がけていたつもりです。

以前から座右の銘として「正射必中」という言葉を様々な場面でお伝えしてきました。ただ、深い言葉だなと感じるのは、5年前と今とでは、経験を重ねる中で少しずつ意味が違ってきていることです。

弓を射る前に「本当に当たるだろうか?」などと結果を心配していると、必ず的を外します。しかし自信を持って、正射だけに集中していると、知らないうちに的に当たっているのです。経営でも、自信を持って前に進んでいるうちに、いつかは的に当たるものだと思います。

今、非常に世の中が厳しい状況にあります。ただ、ゴディバを贈り物とするような大規模なパーティの開催は難しいですが、その分、自宅で楽しんでいただく機会が増えています。

私達はチョコレートの材料であるカカオの世界と、それに伴うライフスタイルをさらに広めたいと考えています。日本には約5000万世帯がありますが、この全ての世帯で少なくとも1、2回はゴディバと出会っていただけるようになるのが理想です。

キーワードは「ハピネス」です。お客様にハピネスをお届けするためにも、ゴディバで働くみんなが自分らしく、幸せに仕事ができなければなりません。そのためのフラットな組織、風土づくりに力を入れています。これはいつも笑顔でいてくれた母の影響かもしれません。

シュシャンさんの母・アンナさん

また、私達の仕事は接客、包装、陳列が重要ですが、よいライフスタイル、よいマナーを心がけていた母の教えもあって、私にも強いこだわりがあります。
人は家族に影響されて育つのか、相性の合う家族のところに生まれてくるのか、どちらかはわかりませんが、いずれにせよ私はよい家族の下に生まれることができて幸せです。

東海バネ工業顧問

渡辺《わたなべ》　良機《よしき》

「『山より大きい獅子は出ない』という母の言葉に勇気をもらって」

東海バネ工業顧問
渡辺　良機
わたなべ・よしき
１９４５年大阪府生まれ。84年東海バネ工業社長就任。２０１２年藍綬褒章受章、18年顧問、19年に総合ビジネス誌『財界』選出の「経営者賞」受賞。

商売人の家に生まれた明るくおおらかな母

私の母・文子《ふみこ》は大正8年（1919年）に愛知県蒲郡で、工具卸を営む家の1男4女の次女として生まれました。

父の頼光は大正元年（1912年）に生まれました。丁稚奉公から鉄工業の世界に入り、母との結婚をきっかけに独立して鉄工所を興しました。口数は少なく、とにかく仕事をコツコツ、真面目にする人で、仕事が趣味のようでした。

2人は大阪府福島区で鉄工所を営んでいましたが、私が生まれた昭和20年（1945年）7月は、まだ戦時中で大阪府内にも日々爆弾が落ちていました。そこで、母の実家である蒲郡に疎開し、そこで母は私を出産したのです。

私自身は3人兄弟の次男ですが、兄と弟よりも父の仕事に関心を持っていました。溶接など高温を扱う仕事ですが、「危ないから離れてなさい」と言われながら、父が仕事をする手元を見つめていたことを、今でも覚えています。

母は商売人の家庭に生まれたこともあってか、明るくおおらか。そして穏やかな性格をしていました。父も同様に穏やかで、私達兄弟は両親からほとんど怒られることなく育ちました。

今、会社の人達に「僕は元々、無口やねんで」と言うと笑われますが、目立たない、もっと言えば目立ちたくない子供でした。人の影に隠れて、結果がどうなるのかを黙って見ているようなタイプだったのです。

将来の進路については、私は実家の鉄工所に入るものだと思ってきました。父が苦労をして興した会社で、最盛期は職人さんが10人、住み込みで働く規模にはなっていました。跡を継ぐのは長男である兄ですが、次男の私に対して母は「お兄ちゃんの手伝いをせなあかんで」といつも言っており、その言葉が刷り込まれていたのです。

大学に行かせてもらったのは兄弟で私だけです。兄を支える立場として、大学を出ておいた方がいい、という親の考えがありました。兄は私よりも勉強ができる人でしたが、父は技術と人使いを早く教えるために、高校卒業後に鉄工所に入れました。そして私は大学卒業後、予定通り鉄工所に入ったわけです。兄と2人で家業を盛り上げようという心境でした。

3年半、創業者に口説かれて

そんな私が「特殊ばね」を手掛ける東海バネ工業に入社したのは、創業者の南谷《みなみだに》三男に3年半、「うちに来て手伝え。事業がうまくいけば、後はお前が継げばいい」と口説かれたからです。文字通り、毎晩のように我が家を訪れていました。

しかし、私は目立ちたくないタイプですし、ましてや人の上に立って、経営者としての腕が振るえる人間だと思っていません。家業の鉄工所が大事な仕事だとも思っていました。ですから何度も「勘弁してください」と断ってきました。

それを最後に「あんなに毎晩来てくださるのだから、あんた行っておやりなさいな」と私の背中を押してくれたのが母でした。その言葉で踏ん切りがついた気がしています。

最初は正直、不本意ながらの入社でしたが、そこで創業者や先輩方に鍛えられ、外部の方々の教えをいただきながら、何とか2017年3月期まで社長を務めることができました。

社長在任中は毎日が正念場で、枕を高くして眠れた日はありません。現社長の夏目直一から、「いつぐらいから、社長としてやっていけると思いましたか?」と聞かれたこともありますが、結局最後までその確信は得られないままだったのです。

ただ、退任して、何とか先代が遺した会社を後任に引き継ぐことができてから振り返ってみると、母は私の本質を見抜いていたのかもしれないと感じるようになりました。

自分自身は子供の頃から物事を眺めることしかできない、ネガティブな人間だと思い込んでいましたが、母は「この子はチャンスを与えてやれば、今までにない自分に出会い、難局を切り開いていくことができる」という確信を持ってくれていたのではないかと思います。

東海バネの社長を務めている間、許される範囲内で母には人間関係について相談したり、日々の仕事の愚痴を聞いてもらっていました。私の話をニコニコしながら上手に聞き流してくれたり、私の好きな食べ物を作ってくれたり、ビールを出してくれたりと、その心遣いが非常にありがたく、精神面での支えになりました。

そして母が私に言ってくれたのが「山より大きな獅子は出ないよ」という言葉です。そして苦難には正面から向き合って乗り越えるしかないのだと、いつも私に言ってくれました。その言葉を聞くたびに、あるいは何かの時にその言葉を思い出すたびに勇気が湧いてきたのです。

父からは、記憶に残るような言葉を言ってもらったことはありませんでしたが、その生き様に影響を受けました。

それは丁寧に仕事をするということです。東海バネでお世話になってから、周りが急ぐ仕事を手掛けている時、雑にやってしまうとやり直しになってしまい、逆に仕事が終わらないという結果を招くのを見てきました。その時、私は「急ぐ時には丁寧に仕事をせなあかん」とみんなに言い聞かせてきました。

それは父が段取りから、仕事の本番、後片付けまで、きっちりと丁寧にやり、やり直しなく仕事終えていた様子を見ていたからです。父は「仕事は段取り八分」とよく言っていました。

誠実に、確実に仕事をすることの大事さを、父の生き様を通じて学ぶことができたのです。

子供を見守る母親の仕事

昨今は女性活躍、女性の社会進出が強く叫ばれています。もちろん、重要なことだと理解はしていますが一方で、家庭で子供を抱きしめ、育み、成長を見守る役目を果たすことができるのは母親だということも、また重要なことだと思うのです。

働きに出る理由は、家計を支える、自己実現など、様々あるのだと思いますが、子供を持ったならば、育てる義務、責任は親にあります。その義務を果たすことの大事さを決して忘れて欲しくありません。そうしなければ社会のバランスが崩れてしまう。

私は自分自身が、母に見守ってもらうことができ、現在まで「この家庭に生まれてよかった」と思うことができていますから、「家庭とはこうあるべき」というものがある分、余計にそう思うのかもしれません。社会は私が思う以上に進化をしている面もあるのでしょう。

近年、子供にまつわる悲しい事件を目にすることも増えています。社会がどう変化、進化しようとも、子供の母親であるという役割だけは忘れないでいただきたいと思っています。

父が亡くなった時、私は東海バネで常務を務めていました。先代はすでに私に会社を引き継ぐことを前提にいろいろな仕事を任せてくれていたこともあり、実質的に社長代行のような立場でした。しかも、創業者はお酒が飲めませんから、お客様と酒席をご一緒するのは全て私です。1週間のスケジュールは「月・月・火・火・木・金・金」といった感じでした。

こんな仕事をしていては、父が入院していても見舞いにも行けません。しかし、いよいよ危ないという時に、会社に無理を言って2日間の休みをもらい、寝ずに父の側にいました。

父は肺がんを患っていたのですが、その苦しい息の中で私に「お母ちゃんと兄ちゃんを頼むで」と言いました。「兄貴は社長としてしっかりやれているやないか」と答えると、

「兄ちゃんはすぐに自分が社長にしてしまったから、人様に教えていただく機会を持てなかった。でも良機は人様の釜の飯を食べて、いろいろな人の指導や刺激を受けている。何かあったら助けてやってくれ」というのです。

その時に、父が私が苦労しながら仕事をしている様子を見て、成長を感じてくれたんだな、と嬉しく思いました。満足にお見舞いにも行けませんでしたが、最期に父の心境を聞くことができました。

母は平成11年（1999年）に亡くなりました。亡くなるまでに、母から「社長をよくやっているね」といった誉め言葉をもらったことはありませんが、妻には「よう頑張っているね」などと言っていたようです。私に直接言うと、気が緩むと思ったのかもしれません（笑）。そんな気遣いを今もありがたく思っています。

渡辺さんの母・文子さん

テラモータ―ズ会長・テラドローン社長

徳重《とくしげ》　徹《とおる》

「今も現役で保育士を続ける母。その姿から好きな仕事をすることの大事さを学んで」

テラモーターズ会長・テラドローン社長

徳重　徹

とくしげ・とおる

1970年1月山口県生まれ。九州大学工学部卒業後、住友海上火災保険（現・三井住友海上火災保険）を経て、米国シリコンバレーでMBA（経営学修士）を取得。2009年7月テラモーターズを創業し、社長に就任、19年会長。16年テラドローンを創業し、社長を務める。

厳しい父とフォローする母

私の母・美佐代は1944年（昭和19年）、山口県上関《かみのせき》に生まれました。現在76歳です。上関は街全体に「漁村」のような雰囲気がありますが、母の実家も漁師の家でした。

父の輝男は1938年（昭和13年）に上関から1時間ほどの場所にある光《ひかり》市で生まれ、2人はお見合いで結婚をしました。父は新日本製鐵（現・日本製鉄）で働いていましたが、本当に強烈な人で、漫画『巨人の星』に登場する厳しい父親・星一徹のようでした。

私を叱る父と、それをフォローする母といった形になっていました。

特に悪いことをしていなくとも、1週間に1回は居間に正座をさせられて、父から1時間ほど説教を受けていました。

説教は、いま振り返るといいことも言われていたのですが、「人様に迷惑をかけるな」、「先祖代々の墓はきちんと見るように」、「一度の失敗で人生を台無しにしないように」、「いい大学、いい会社に入れ」といった内容です。いつも、母も横で一緒に聞かされていました。

子供の頃の私は、真面目なだけが取り柄のような性格でした。野球をやり、勉強もそこそこでき、生徒会の副会長を務めたりもしましたが、どちらかというと前に出るというより、内気な方でした。父の影響を色濃く受けた少年時代と言えます。

母から強く影響を受けたのは、その仕事に対する姿勢です。母は保育士で、今も現役です。母が働いていたこともあって、私は子供時代、祖母に身の回りの世話をしてもらっていました。本当に仕事が好きで、子供の目から見ても充実感に溢れ、楽しそうにしているのがよくわかりました。ですから、母が近くにいなくても、寂しいと思ったことはありません。

母から仕事について何かを言われたことはありませんが、ずっと横でその姿を見ていて、私自身、頑張って働くこと、好きな仕事をすることの大事さという意味で影響を受けました。仕事だけでなく「好きなことをやればいい」ということは、よく言っていました。

一方、父が私に「いい大学、いい会社に入れ」と言っていた背景には父方の祖父が関係しています。祖父は材木業を興し、一代で一時は山口県でも十本の指に入るような事業家となった人です。ですから父が小さい頃は、いわゆる「お坊ちゃま」のような暮らしをしていました。

ところが、石炭から石油へのエネルギー転換が起こる中、材木業が廃れてしまいます。

父が中学校に入学する頃には「天国から地獄に落ちた」とよく言っていました。

父は勉強ができたそうですが、家計が苦しくて大学に進学できず、高校を卒業して新日鐵に入社しました。そこでは父が思っていたような出世ができなかったこともあり、その悔しさが全て、息子の私に向かいました。

「国立大学を出ないと出世できない」、「中学時代、自分よりも勉強ができなかったやつらが、国立大学を出たことでトントン拍子に出世している」といつも言っていました。不幸の原因を、自らが高校卒業であることに求めていたのです。

しかも、家業がいい状態から転落していますから、起業自体に恐怖感があることはもちろんのこと、その事業がうまくいっていても認められないのです。私は父の恐怖感に基づく「恐怖政治」で育てられたわけです。

大企業を退職父との決裂

大学受験では、京都大学を志望していましたが残念ながら叶わず、九州大学工学部応用化学科に入学します。山口県には三井化学や宇部興産、東ソーなど化学メーカーの拠点があり、父は私にこれらの企業に入社して欲しいと考えており、その期待に応えようとした形です。

大学在学中、それなりに頑張って勉強をしていたつもりでしたが、一般教養の授業で1単位だけ足りず、留年せざるを得なくなってしまいました。父は激怒して仕送りを止められてしまいます。

しかしある時、ふと銀行口座を見てみると、継続的にお金が振り込まれていました。名義は母です。私が困るだろうと何も言わずに振り込んでくれたのです。母も働いていましたが、それでもやりくりして、資金を捻出するのは大変だったろうと思います。このお金は後年、何も言わずに母に返しました。

大学を卒業して就職する際には住友海上火災保険に入社することになります。ここで私自身の意思が出て、父とは最初の決裂をする形になりました。

父は寂しがり屋でしたし、前述の山口に居を構える化学メーカーに私が入社したら、周りの人達から「息子さん、すごいですね」と言ってもらえると思っていたようです。地元に大きな支店のない住友海上への入社は、その意味で不満だったようですが、それでも大企業への入社ということで納得していました。

しかし5年半後、その住友海上を辞めて、米シリコンバレーでMBA（経営学修士）を取得するために渡米することになります。ここで忘れられない修羅場がありました。

父の性格を考えると、事前に相談したら、私の退社を止めるように人事部に駆け込むくらいのことはすると思っていましたから、相談をせずに辞めました。

それでも、それまで育ててもらった恩がありますから、実家まで報告に行きました。今でもその時の光景を覚えていますが、いつもは口数が多く、弁も立つ父が2、3分、怒りのあまり、震えて声も出ないのです。その横で母は泣いていました。この経験は私の人生の中でも、本当に大変な出来事でした。

高杉晋作の「1人でもやる」精神

米国でMBAを取得後、2009年に電動バイク・電動シニアアカーの開発・製造・販売を手掛けるテラモーターズを創業しました。16年には産業向けドローンサービスを提供するテラドローンを設立し、世界でビジネスを展開しています。

起業後、私が新聞、雑誌、テレビなどで取材を受けたりすると、地元でも話題になるらしく、母はいろいろな人から「息子さん、すごいね」と言われて嬉しかったようです。

父の方は引き続き、私のことを認めていません（笑）。父は前述のように、自分が「天国から地獄」を経験しているので、心配で仕方がないわけです。父の中には起業するイコール、「いつどうなるかわからない」という考えがあります。お正月などに実家に行くと、未だにケンカのような感じになります（笑）。

今、私は電動バイク、ドローンに続く、第3の事業を準備しています。まだ詳細は明らかにできませんが、DX（デジタルトランスフォーメーション）に関連するものになります。

私がやりたいのは、日本の起業家でもすごいことができるということを世の中に示すことです。どうしても日本では、起業、上場といってもも小粒なものになってしまいがちです。そうではなく、「これは無理だろう」と誰もが思うことを実現し、社会にインパクトを与えたいのです。

大学生くらいまでの私は、山口県に生まれたことが嫌でした。例えば、京都大学に入るような人は、早くから塾に通うなど準備をすることが多いと思いますが、私の住んでいた地域は塾に通うという発想すらない場所だったのです。「何で、こんな場所に生まれてしまったんだろう」と思っていました。

歴史上の人物でも、かつては坂本龍馬が好きでしたが、米国に留学して改めて日本の歴史を勉強し直してみたら、高杉晋作の素晴らしさを感じ、山口県に誇りを持つようになりました。

幕末に禁門の変、４カ国連合艦隊の襲撃で危機に陥った長州藩では、幕府への恭順派が主導するようになります。そこに高杉は「自分１人でもやる」と決意し、約80人の同志と決起したのが「功山寺《こうざんじ》挙兵」です。

対する藩の主流派は約２０００人で本来ならば勝ち目はないはずですが、各地の農民などが支持し、主流派を倒したのです。これが倒幕、明治維新につながります。１人でも立ち上がるという高杉の気迫に心打たれます。

これは今の日本の課題にもつながります。今、日本にも優秀な起業家は増えていますが、どうしても頭で考えて、リスクを取らない傾向が見えます。しかし、頭で考えたら勝ち目がない戦いでも、挑まなければならない時があるということです。

「侍」の魂と、シリコンバレーの起業家精神で、「世界を変える」事業に取り組んでいきます。

徳重さんを支えてくれた母・美佐代さん（右）

バリューHR社長

藤田《ふじた》　美智雄《みちお》

「どんな境遇にあっても最善を尽くす
母の姿勢が今の私をつくってくれました」

バリューHR社長
藤田 美智雄

ふじた・みちお
1960年1月青森県弘前市生まれ。国際商科大学（現東京国際大学）卒業。82年アーサー・アンダーセン会計事務所（現有限責任あずさ監査法人）入所。91年メリルリンチ証券（現メリルリンチ日本証券）東京支店入社。95年青山監査法人（現PWCあらた有限責任監査法人）入所。98年プライスウォーターハウスコンサルタントへ転籍。2001年にバリューHR設立、代表取締役社長就任。13年ジャスダック上場、14年東証二部、16年東証一部。

旅館の仲居として働いていた母

私は今からちょうど60年前、青森県弘前市で父・勝雄と母・きみの間に生まれました。叔母から聞いた話によると、母はつわりがひどく、食事が喉を通らなくなり、母子ともに危険な状態を経て生まれたそうです。実は私が生まれる前に母は流産を経験していたようで、私が生まれた時には本当に喜んでくれたと聞きました。

母は11人きょうだいの6番目として生まれました。戦争の前後で祖父（母の父）が病気で亡くなり、続けて5人いた母の兄や姉が亡くなったため、祖母（母の母）と母が残された家族を養わなければならず、母が働いて、皆の生計を助けました。

ただ、父と母は私の物心がつく前に離婚しており、藤田は母親の姓です。ですから、私は母子家庭の一人っ子だったわけですが、父は離婚後も何度も家に来てくれたため、そんなにガチガチの母子家庭というわけではありませんでした。

それでも家は貧しく、母は起きている間中ずっと働いていました。母は愚痴一つ言わず、生きるため、皆を養うために身を粉にして働いていました。

そういう家庭だったので、私は祖母に育てられました。

祖母は本当に優しい人でした。弘前城に連れていってもらったり、お墓参りに行くのもいつも祖母と一緒。お正月も私と祖母の2人しかいないのに、立派なおせち料理をつくってくれました。祖母には愛情たっぷりに育てられ、人に対する思いやりの大切さを教えてもらいました。

ただ、そんな祖母も私が小学校2年生の時に脳溢血で倒れてしまい、満足なリハビリも受けられないまま、介護施設に入居することになりました。それ以来、母は働きながら私の面倒も見ないといけないので、母自身の生活はより大変になったと思います。

母は旅館の仲居として働いていました。旅館ですから、お客様の食事の用意や布団あげ、掃除など、早朝から多くの仕事があります。このため、母は4時くらいに起きて、私の朝食を用意して旅館へ行き、昼間の休憩時間に自宅へ帰って、私の夕飯の用意をし、また旅館に戻っていく。母が家に帰ってくるのはいつも21時とか22時でしたので、私は一人で夜ご飯を食べていました。

それでも叔母さんたちが同じ弘前市内にいましたし、よく顔も会わせていたので、私自身はそこまで寂しいとか、ひもじいなどとは思わず育ちました。

小学校時代は運動神経が良い方だったので、よくクラス対抗のリレー選手に選ばれたりしました。どの競技でも3位以内に入り、入賞者が胸につけるリボンをいくつも付けて誇らしかったことを覚えています。昼ご飯の時は母の妹夫婦やいとこたちと一緒だったのでいつも格別でした。大人たちが貧しいということを感じさせないようにしてくれていたのだと思います。

前が開ける限り常に最善を尽くせ

母は尋常小学校しか出ておらず、すぐに家計を助けるために働き始めたので、学歴がありませんでした。それだけに苦労したことも多かったのでしょう。私にはこれからは学歴社会で学歴が大事だというので、決して裕福でないにも関わらず、私には私立の高校、大学まで通わせてくれました。

そんな母でしたが、与えられた境遇を嘆くこともなく、逆境に屈することなく、常に前を向いて進んでいました。言葉で言うのではないのですが、母は何事も決して諦めることなく頑張っていれば、たとえ今がダメでも1秒経ったら、また違う世界がやってくるんだと。

今ここでこういう結論が出たとしても、1秒後にはもっといい最善が出てくるかもしれない。だから頑張っていれば前が開けるんだ。前が開ける限り、常に最善を尽くせというので、知らずしらずのうちに、私の中にもそうした信念が宿っていったように思います。

母には特別な口癖があったわけではありません。とにかく何も言わず、われわれ家族のために黙々と働いていました。私にも「勉強しろ」とはほとんど言いませんでしたし、5段階評価で3ばかりの私の通信簿を見ても何も言いませんでした。

私は祖母のもとで甘やかされて育ちましたから、とにかく自分に甘い(笑)。勉強することもなく、近所の子供たちと遊んでばかりでした。今から考えたら、母は私にかまっているヒマなど無かったのかもしれません。

今もそうだと思いますが、どこの家庭でも、おじいちゃん、おばあちゃんは優しいので、子供はついつい甘えたくなるものです。私もご多分にもれず、我が儘に育ちました。我が儘を通すため、私はよく泣きました。泣くと我が儘が通るからです。

ところが、ある日、母は私に言いました。泣いて何でも通ると思ったら大間違いだと。私は子供心に驚き、全てを見透かされていることを痛感し、それ以来、泣くのはやめました。

余談ですが、小学校の卒業の際、担任の先生が色紙に言葉を書いて卒業生一人ひとりに渡してくれるのですが、私に贈られた言葉は「楽あれば苦あり。苦あれば楽あり」でした。楽な道を進むだけでなく、努力をしなさいと。先生は私の性格を見抜いていたのだと思います。

母が唯一喜んでくれたこと

幼少期から高校まで過ごしたわけですから、もちろん今でも弘前には愛着があります。もともと祖父は呉服屋で、父も商売をやっていました。実は祖父の呉服屋は火事になって、そこから母の家は貧しくなったのですが、それでもなぜか私は小さい頃からぼんやり貿易商になりたいと考えていました。

高校は東奥義塾高校というミッションスクールだったので毎朝礼拝の時間がありました。授業には聖書の時間があり、道徳観をはじめ社会通念や倫理観というものを教えてもらいました。生徒は偏差値基準からすると、秀才から落ちこぼれまでいる幅の広い集団でした。今から考えれば、先生方も自由な気風を尊重し、生徒一人ひとりの興味をひくような教え方をしていた気がします。

当時、青森では優秀な学生が公立を目指し、受験に落ちた学生が私立に進学します。私もその一人でした。

母は何をするにも「頑張れ」、「頑張れ」と言って、私の背中を押してくれましたし、大学進学を決め実家を離れた時も、「お前のやりたいようにやれ」と言ってくれました。私が大学で商学部を選んだのは、そういう理由があるのです。

私が大学に進学してからも母は働き続けていました。余裕はなかったと思いますが、それでも学費と家賃代は仕送りしてくれました。足りない分は自分でアルバイトをし、困った時には先輩の家に転がり込んで食事を食べさせてもらったりしました。だから、学生時代というのは、一貫してお金は無かったけれども楽しく過ごすことができました。

大学卒業後は外資系の会計事務所に就職しました。今でも覚えているのが、初任給が10万5千円だったこと。私は英語も話せない新人なのに、即座に給料が安いといって上司に掛け合いに行きました。すると、上司は「君は権利ばかり主張するけど義務は果たしているのか？　義務を果たさずに権利を主張するな」と言うのです。

この時、私がなぜか思い出したのが母でした。母は自分のために働いていたというよりも、わたしたち家族のために尽くしてくれました。ですから、わたしは仕事というのは人に喜ばれることをしなければならない、人のために尽くそうという気持ちがこの辺から生まれてきたと思います。

母は90歳。今も健在です。これまで何もしてやれませんでしたが、唯一、母が喜んでくれたのは、当社が上場し、地元紙に取り上げられた時。母は新聞記事を切り抜き、周りの人たちに自慢げに見せていたそうです。

今は弘前にコールセンター業務などを行う当社のオペレーションセンターがあります。私も仕事で行った時には母に顔を見せに行くようにしていて、時間が許す限りできるだけ母の傍にいてあげようと思っています。

中学校の入学式にて

ミクシィ会長

笠原《かさはら》　健治《けんじ》

「好きなことを仕事にして生きる幸せを
父と母の背中から学びました」

ミクシィ会長
笠原　健治

かさはら・けんじ

1975年12月大阪府生まれ。東京大学経済学部在学中の97年、独学でプログラミングを習得し、同年11月求人情報サイト『Find Job!』を開設。99年6月イー・マーキュリーを設立。2006年2月社名をミクシィに変更。同年9月マザーズ上場（20年6月東証一部）。13年社長を退き、取締役会長として『みてね』などのサービス開発に従事。

大学教授の父とピアニストの母

わたしは京都出身の父・笠原正雄と三重出身の母・咸子《みなこ》の長男として生まれました。両親は父方の祖母と母方の祖母の姉が同級生だった縁でお見合いをしたと聞いています。

父は情報理論の研究者として教鞭も執っていて、家にもよく学生さんが訪ねてきています。

小学生の頃から高校3年生まで、父と同じ部屋で机を向かい合わせにして勉強していました。父は阪神ファンでシーズン中はラジオの野球中継をずっと付けていたので、わたしも自然と阪神ファンになっていました。

小学5年生頃までは算数のドリルみたいなものを渡されてやっていましたが、それ以降は、研究に没頭する父を前に、わたしは勉強に励みました。

父は80歳を越えてから研究の傍ら、若い頃からの夢でもあった童話をシリーズで出版するなど、常に物事を考え、発信しながら生きている人なので、息子のわたしにも、自分が考えたこと、人生訓のようなものをたくさん話してくれました。

父と過ごす時間が長かったので、今も昔も父はわたしの尊敬する存在です。

わたしにも子どもができた今、父のように子どもに向き合う時間が作れているかというと、まだまだなので、改めて父の思いを感じる日々です。

研究好きな父に対し、ピアニストで大学で学生も指導していた母は演奏好き。息子のわたしが父と過ごし、ピアノを習っていた姉は母との時間が長かったように思います。2階ではラジオ、1階では母や姉のピアノの音色が響く家でした。

両親ともに仕事好きで、仕事が趣味といった感じもあって、公私の境目がなく、平日も土日も変わらず、父は夜遅くまで机に向かい、母も暇さえあればピアノを弾いていました。

食事中も、父は「新しい理論を思い付いた」と言って、その理論を紙に書き出してみたり、「この意味がわかるか?」と聞いてきたり、父の研究は生活の一部のようになっていました。

父も母も自分の好きなことに没頭していたので、子どもの頃は少し寂しく感じることもあったように思います。

でも、成長するにつれ「仕事とはそういうものかな」とか「人生ってこういう感じなのかな」と思うようになり、自然と自分が没頭できること、好きなこと、得意なことを見つけたいと思うようになりました。

数学系の研究の道に進むのも選択肢の1つでしたが、研究ではないことをやりたいという思いもありました。ただ、それが何なのか、まだわからず、大学に入った頃は焦燥感に駆られていました。

転機となったのは大学3年の頃。ゼミでアップルやマイクロソフトなどのケーススタディを勉強して、ガレージの一角で1人か2人で始めた会社が世界的な大企業に成長していくダイナミズムに感銘を受けました。

当時はちょうどインターネットが出始めた頃で、市場そのものはまだ小さかったものの「産業革命以来の大革命」と言う人もいて、「もしかしたら、1970年代のパソコン業界と同じように、インターネットが社会を変えるかもしれない」と気付きました。

そう気付いたときの喜びは大きく、「何かやりたい」と求人サイト事業を始めました。それが創業の事業となる『Find Job!』です。

自分の熱中できるものを見つけられた喜びで、当時は「これに懸けるしかない」「絶対に成功する」と思っていました。それまで悶々としていた反動で、エネルギーが湧き出てきました。

大学を留年しながら事業を始め、母には少し前から状況を伝えていましたが、父の反応は予想が付かず、起業したことはしばらく黙っていました。

ある程度、事業がうまくいき始めたとき、実家に帰る機会があったので、パソコンをつけて、父に「実はこういうことをやっているんだ」と『Ｆｉｎｄ Ｊｏｂ！』のサイトを見せると、父は「大学でもこれからはベンチャーの時代だと言っている」と、手放しで喜び、応援してくれました。

反対されても続けるつもりでしたが、父の反応次第では、申し訳ないという気持ちにもなったと思います。また、どこか力が入り切らない可能性もあったと思います。

だからこそ、父が肯定し、後押ししてくれたことで「フル回転で頑張っていいんだ」という心強い気持ちになれました。

父は大学受験に失敗して、挫折を味わったことをよく話してくれて、「その失敗があったからこそ今の自分がある」「人生は長いマラソン。挫折してもそれは良い経験になる」と言っていました。

それから、よく「開き直って大胆に生きろ」とか「失敗をおそれるな」と言っていました。大学受験のときも「失敗してもアメリカに行けばいい」と言っていました。

もしかしたら、わたしが慎重なタイプだと思い、そう言ってくれたのかもしれません。

その父からの後押しの言葉は、気付くと、今のわたしの生き方につながっていると感じます。

共有できる瞬間が仕事の喜び

母は小さい頃からピアノを習っていて、家には全日本のコンクールの賞状やトロフィーが飾ってあり、子どもながらに誇らしく感じていました。

フルブライト奨学金でアメリカに長期間留学し、帰国後もプロのピアニストとして活躍していました。母を見ていると「自分も何者かになれるのではないか」という気持ちにもなりました。

お稽古の人がひっきりなしに家を訪れ、大きな会場でコンサートをしたり、78歳の今でもコンサートで演奏をしています。

今はコロナ禍でコンサートの開催も難しくなっていますが、「コンサートへのモチベーションは何？」と聞くと「しっかり練習して、それを聴いてもらい、音楽の素晴らしさを共有できたら嬉しい」と言っていました。

単なる自己表現ではなく自分の音楽をうまく表現でき、それを喜んでもらえるのが嬉しいと。

わたしも事業を思い付き、世の中に送り出して多くの人に喜んでもらえたり、ダメ出しをされて改善していくうちにピントが合って、みんなに喜んでもらえる瞬間が大好きで、母がコンサートが好きな理由と自分が事業開発が好きな理由は同じということに気付きました。

そう思うと、やはり「仕事とは、こういうことなのかな」という気がします。

自分自身を高めていきつつ、みんなと協業しながら価値やメッセージを表現する中で、喜びや楽しみ、美しさといったものを共有していく。

どんな仕事にも、そういう瞬間があると思っていて、仕事の面白さの構造は変わらない気がしています。両親は自分たちの生き方を通じて、仕事や生きることとは何なのか、教えてくれていたのかなという気がします。

子どもの頃から、好きで仕事をするというライフスタイルと接してきたので、社員の人たちにも「好きで仕事をしてほしい」「楽しんでやってほしい」「夢中になって仕事をしてほしい」と思っています。そうできることは、とても素敵なことですし、人生も豊かになり、長続きする仕事になるとも思います。

一般消費者向けの事業を手掛ける会社としても、作り手が楽しんで、夢中で作っているものかどうかは、ユーザーにも伝わる気がしています。

作り手の楽しさ、喜びが伝わるサービスはいいサービスになりますし、いろいろな課題があっても、楽しんで仕事ができていれば、解決策を見つけて乗り越えていけると思っています。

わたしは事業を作ることが何よりも好きで、今は経営を木村弘毅さんに託し、『みてね』という子どもの写真や動画を家族で共有できるアプリの事業を手掛けています。国内外800万人の方が使って下さっています。

まだ正式なリリース前ですが、AIを使ったコミュニケーションサービスで、誰よりも自分のことをわかってくれる癒しのロボット事業の準備もしています。

2017年11月、母・咸子さんのコンサート後、父・正雄さんを交えて撮った記念写真

会社として、ヒット事業を連続して作ることは非常に重要なことです。わたしもみんなと一緒に、先陣を切って動いていかなければいけないと思っています。

その意味でも、やはり楽しむ、夢中で仕事ができる環境を作ることが何よりも大事なことだと思っています。

仕事や生き方に対する原点を、父と母の背中から学ぶことができたのは、とても幸せなことだと思っています。

ビジョナリーホールディングス社長

星﨑《ほしざき》　尚彦《なおひこ》

「『素直じゃない態度は、自分の行動の価値を下げる』
という母の言葉を肝に銘じて」

ビジョナリーホールディングス社長
星﨑　尚彦

ほしざき・なおひこ
1966年東京都生まれ。89年早稲田大学法学部卒業後、三井物産入社。99年に休職して私費でスイスのIMDビジネススクールに留学、同年12月に三井物産を退社。MBA取得。以後、フラー・ジャコージャパン、ブルーノマリジャパンなどの代表取締役を経て、2012年に投資ファンドのアドバンテッジ・パートナーズの要請で衣料品販売製造・クレッジ社長に就任。13年6月メガネスーパー入社、同年7月社長、17年11月ビジョナリーホールディングス社長。

自動車部に所属するアクティブな母

私の母・洋子は1939年（昭和14年）9月に東京・三鷹で生まれ育ちました。旧姓を松本といいます。元々、母の母（祖母）の実家は野方、父方は長崎の出身です

生まれてすぐは戦時中で大変だったようですが、終戦後は緑の多い武蔵野の地で野原を駆け回るわんぱくな女の子だったと聞いています。妹1人、弟2人の4人姉弟の長女です。

母は小・中・高と立教女学院、大学は慶應義塾大学に進みました。入学後には「ラリーがやりたい」として体育会自動車部に入ります。同期の女子4人でチームを組み、大会で優勝したこともあったそうです。

そのため、車に非常に詳しく、例えばエンストをした時などに、人力で車を押してエンジンを始動させる「押しがけ」も普通にできますし、大型自動車免許も持っています。さらに、ラリーではクラッチを使うとクラッチ板が焼けてしまうということで普段から回転数でギアを変えていたのです。

私は2歳上の姉、3歳下、9歳下の弟2人の4人姉弟で育ちました。実は私の1歳下に弟が生まれたのですが、肺炎で3カ月で亡くなってしまったのです。それもあり上2人は

厳しく育てられましたが、下2人は非常に可愛がられて育てられました。そのため、子供の頃を思い返すと「放っておかれた」という印象を持っています。そのせいか、独立して家を出てからは数年に1回しか実家に帰らず、親との接点も持ってきませんでした。

ただ、ここ数年は両親ともに高齢になったこともあり、父を病院に連れていったり、年に1回は一緒に温泉に行くなど接点が急激に増えました。2カ月に1回は実家を訪れています。

自分で言うのも何ですが、私は姉弟の中で最も、物事と時間に対してきっちりしています。親から放っておかれたので、しっかりせざるを得なかったからだと思っています。そして、きっちりやるので手がかからず、さらに放っておかれるという循環が、最近まで続いていたと考えています。

父・治男と母は同じ1962年に三井物産に入社した同期であり、慶應義塾大学の同窓です。母は文学部出身で、英語が得意ということで人事部の英語課という部署に配属されました。慶應出身者の同期会で知り合い、入社2年後には結婚しました。

星﨑の家は、父も祖父も三井物産で、しかも鉄鋼畑の出身です。母の祖父も鉄鋼畑の人で、三機工業常務、鈴木シヤタア工業（現・鈴木シャッター）の社長を務めました。私から見て祖父同士が仕事の関係で旧知の仲だったこともあり、母のことを非常に大事にしていた母方の祖父も「星﨑の息子なら仕方がない」と認め、両親の縁談はとんとん拍子に進みました。

ただお嬢様育ちで、結婚当初は料理が上手ではなかったため、文字通り「ごはんの冷めない距離」に住んでいた叔父達に連絡をして、晩御飯を持ってきてもらっていたそうです（笑）。

これは私の母親の味にもつながっています。子供達のおやつのプリンや、「小鯵の南蛮漬け」など定番のレシピがあるのですが、私の時と弟達の時とでは味が違っていました。私の時はまだ料理が上達しておらず、味としてはあまり美味しくなかったのかもしれませんが、私にとっては思い出の味です。

私は小学校から高校まで、成蹊学園で学びました。水泳や書道など、私達のためになると思われた習い事は積極的にやらせてもらいました。父の仕事の関係で英国に住んだのですが、帰国後に私達が英語を忘れてはいけないということで、弟と一緒に英語塾に通ったりもしました。

英国滞在時にサッカーを始めましたが、帰国後は叔父の影響で中学からラグビー部に入ります。ただ、1年半で体調を崩し、退部しました。この時は「部活を辞めると言ったら怒られるかな……」と心配しましたが、母は何も言いませんでした。

また、祖父が柔道家だったことから中学3年生の時に、当時成蹊中学校になかった柔道部を創部し、主将に就いた時も母は何も言いませんでしたが、毎日大きい弁当箱2箱分の弁当を作って送り出してくれたのです。

慣例に囚われない合理的な気質

親からは放っておかれたと言いましたが、それでもどこかに「構って欲しい」という意識があったのだと思います。

4、5歳で引っ越しを経験した際、1週間くらい目が見えなくなったことがありました。おそらく精神的なもので、私は本当に見えなかったのですが、医師から言わせると「気を引いているだけ」とのことでした。

こうした気持ちは、成長するにしたがって素直ではない態度で表れるようになります。例えば母から用事を頼まれた時、やるのですが、必ずやる前に一言文句を言っていました。

それをある時、母親から「どうせやるんだから文句を言わずにやった方が、相手の感謝の気持ちはより大きくなるよ。いいことをするのに、なぜ自分から価値を下げる必要があるの？」と言われました。

この言葉は衝撃でした。こうした素直ではない態度というのは、誰に対しても出てしまう可能性がありますから、今でも母の言葉を心に留めて、気を付けるようにしています。

母は結婚以来、基本的には専業主婦でした。父が三井物産を退社して、自分の会社をつくってからは経理を見ていることもありましたが、フルタイムではありませんでした。

ただ、私が中学1、2年の頃、父が会社との折り合いが悪くなり、今度こそ辞めなければならないかも……という時、母は突然、「赤帽」の仕事を始めたのです。車の運転は得意ですから、助手席にまだ小さい弟を乗せて荷物を運んでいました。

また、私が高校1年の時、母方の祖父が亡くなったのですが、葬儀の際、経費を削減するためにと親族が移動するためのマイクロバスは母が運転していました。父が会社を辞めたら家計を支えなければならないという思いが強くあったのでしょう。

また、合理的な人でもあります。父が英国に赴任した際、母は一つだけ条件を出しました。それが「周りに一切、日本人がいない街に住むこと」でした。

当時、駐在員の夫人同士のお付き合いは夫の役職による序列が色濃く反映され、母はそれを不毛だと考えていたようです。実際、私達はロンドンから車で1時間ほどの場所にある、有史以来初めてアジア人が来た、という小さな街に住みました。

後に父が三井物産九州支社長に就いた際には、母は夫人の集まりを全て解散し、盆暮れの付け届けも廃止しました。人付き合いはいい人なのですが、そうした「慣例」は合理的ではないと感じていたのだと思います。

三井物産への入社そして新たな挑戦へ

私は高校卒業後、早稲田大学法学部に入学します。卒業後は祖父、父に続いて三井物産に入社しました。父は自身が個性の強い人だったこともあって、息子が入社したら居づらい思いをするのではないかと心配しており、賛成していませんでした。

しかし私は大学時代、父が三井物産から出向して設立した、もしもしホットライン(現・りらいあコミュニケーションズ)でアルバイトしており、会社の方々と接点があったこともあって、三井物産に入社したいなという思いがありました。

母は就職が決まるまでは何も言いませんでしたが、入社後に「三井物産に入って欲しかったからよかった」と言ってくれました。母は私が不安に思っている時期には敢えて何も言わずに見守ってくれていたのです。

そうやって入社した三井物産でしたが、私は新たな挑戦をすべく、私費でＩＭＤビジネススクールに通ってＭＢＡ（経営学修士）を取得、三井物産を退社し、外資系を中心とする企業で社長業に取り組み始めました。父は現役役員の子供が辞めたということで、会社で相当に怒られたようですが、両親ともに何も言わず、見守ってくれました。

メガネスーパー社長に就いた後、母は何も言わないので気にしていないのかと思ったら、記事で取り上げていただくと「お友達から聞いたけど、記事が出ているんだって？」と連絡をくれるなど、嬉しく思ってくれているようです。

星﨑さんの母・洋子さん（左端）、星﨑さん（左から２人目）、父・治男さん（右側後列）

洋子さんの自動車部の活動が『アサヒグラフ』で紹介され、表紙を飾ったことも

メルセデス・ベンツ日本社長兼CEO

上野《うえの》　金太郎《きんたろう》

「とにかく諦めずに頑張る。

働き続けた母の後ろ姿がわたしを奮い立たせてくれました」

メルセデス・ベンツ日本社長兼CEO
上野　金太郎
うえの・きんたろう
1964年東京都生まれ。87年早稲田大学社会科学部卒業後、前年にダイムラー・ベンツAG（当時）日本法人として設立されたメルセデス・ベンツ日本に新卒採用1期生として入社。営業、広報、ドイツ本社勤務、社長室室長、2003年ダイムラー・クライスラー日本取締役（商用車部門担当）、05年販売店ネットワーク開発担当役員兼人事・総務ディレクター、07年副社長などを経て、12年より現職。

外資系海運企業から独立した破天荒な父

どんな状況になっても挫けることがない頑張り屋──。経営者だった父・宏《ひろし》を母・元《もと》は常に裏で支えていました。ですから、今も千葉で一人暮らしをしている80歳の母を思う度、ずっと働いていた母の姿が目に浮かんできます。

九州生まれの5人きょうだいで、次男だった父は大胆な性格の持ち主で、外資系の海運会社に勤めた後、船員のリクルートを手がける会社を自ら起業。フィリピンや神戸などに支店や事務所を構えるほど、一時は大きくなりました。ですから、父は出張で海外や日本中を飛び回っていたため、家にはほとんど帰って来ませんでした。その父に代わり、家事や教育については母が一身に担っていました。

父の型破りな一面としては、わたしが産まれて僅か6カ月のときに米国に旅行に連れて行ったようです。もちろん、わたしは覚えていませんが、そのとき母は日本に残されていたと聞いています。小学校1年生のときには米国に行って車を買い、米国を横断しました。このときも母は日本で留守番でした。

父にまつわるエピソードで印象に残っているのがランドセル。わたしは生まれも育ちも日本で、ごく普通の日本人だったのですが、父の意向で小学校から東京都内のアメリカンスクールに通うことになりました。

父は英語があまり得意ではなかったようで、言葉の面で結構な苦労をした思いがあったのでしょう。

父にとっては一人息子であるわたしをアメリカンスクールに入学させたのも、自分と同じ目に遭わせたくないという親心があったからだとは思うのですが、アメリカンスクールに通う話は、わたしはもちろん、母も聞かされていなかったと言います。

小学校に上がる前、母と2人でデパートに出掛けていき、ランドセルを買ってきました。憧れだったキラキラしたランドセルを背負えることにワクワクしていたのですが、家に帰ると父からは「必要ないから返して来い」の一言。悲しくて仕方がなかったことを覚えています。

実際にアメリカンスクールに通い始めてからも、小学3年生くらいまでは英語が話せなくて苦労しました。毎日のように学校終わりや土日にアフタースクールで英語のレッスンをする日々。辛い日々ではありましたが、母からは「このままじゃ、つまらないでしょ?」と言われ、わたしも「その通りだな」と前向きになったものです。

しかし、よくよく考えてみると、わたし以上に苦労していたのが母だったのではないでしょうか。アメリカンスクールのイベントや通知表は全て英語。同級生の保護者も米国人ですから、親同士のコミュニケーションも英語になります。

母も英語を話せるわけではありませんでした。そんな言葉が通じない異文化の環境の中でも、母は泣き言一つ言わずに支えてくれました。

そんな母は6人きょうだいの次女として生まれ、北海道の浜頓別町という田舎町で生まれました。上京して父と結婚したのですが、その後は働き詰めの日々を送ります。とにかく働いて父を支え、家計を助ける。母はそんな女性だったのです。

父の会社が好調なときは父の会社で経理の手伝いをしていましたし、会社が立ち行かなくなりそうになったときには、販売員や事務員として会社勤めをしていました。父とは違って母は決して表舞台に出てくることはありませんでしたし、父に対する不満も聞いたことがありません。母はキャラの強い父にいつも振り回されていたような気がしますが、音を上げることは一度たりともなかったのです。

父に内緒でレーシングカートをやらせてくれた母

しかも、わたしにとって父は怖い存在。ですから、父に不平・不満が言えない分、母に矛先が向かいます。でも、母はそれを受け止めてくれました。

例えば、父から「命にかかわるから禁止だ」と言われていた登山やオートバイ。中学校に上がる頃、わたしが「レーシングカートをやりたい」と言うと、父に内緒で母はやらせてくれました。

父も母もあまり「勉強しなさい」と口酸っぱく言う親ではありませんでした。父からは「ゴルフと中国語を勉強しておきなさい」と言われるなど、将来にわたって前広に物事を考えるところが参考になりました。できない理由を並べて何もしないよりは、いずれチャンスが来る可能性があることを教えてくれました。それなのに、なぜわたしをアメリカンスクールに通わせたのか。その辺りのつじつまが合わないままなのですが（笑）。

一方の母は部屋の片づけや躾に関することに注意をすることはありましたが、それは世間並みだったと思います。人様に迷惑をかけずに、自分の興味を持ったこと、やりたいことがあれば、その道を勧めてくれる。

ですから、わたしがメルセデス・ベンツ日本に就職が決まったときも母は喜んでくれましたし、新聞や雑誌でわたしのことが紹介されると、誰に教えてもらったのか、記事の切り抜きを送ってきたりしていました。

実は父に負けず、母にも少々風変わりな面がありました。マクドナルドが東京・銀座に1号店を開店したとき、アメリカンスクールに通っていたこともあって海外のものには大変興味がありました。

そこでわたしたちも車で銀座に繰り出し、母が商品を買おうとしたのですが、なぜかお店の人に通じない。詳しく話を聞いてみると、母は「マクドナルドをください」と店員さんに頼んでいたようです（笑）。

ただ、わたしがサラリーマンの道を歩むことになったのは起業家だった父とそれを支える母の苦労する姿を見てきたからかもしれません。父の仕事が波に乗っているときは、父と一緒にミュンヘン五輪（1972年）の会場にも行きましたし、父の会社の本社も六本木に居を構えていました。

ところが、次のモントリオール五輪時には、行くという話も出ることはありませんでした。さらに気が付くと父の会社が六本木から徐々に都内のはずれに移転。自宅も六本木から転々とし、持ち家から借家住まいになっている。資金繰りに苦労していたのでしょう。子供ながらに「自分のわがままを言って駄々をこねてはいけない」と空気を読む人間に育っていました。

「働けなくてつまらない」

ですから、中学3年生のときにアメリカンスクールから渋谷にある都立の中学校に転校すると決意したときも、義務教育を受けていないことに気が付いたということもあるのですが、家計の苦しさを察していたことも事実です。また、早稲田実業学校に進学し、高校2年生のときに一人暮らしを始めたのも2人に気を配ったからです。

結果として、わたしが悪い方向にもいかず、現在のような道を歩んで行けるようになったのは両親のお陰だと感謝しているところです。父は約20年前、59歳という若さで亡くなりました。それでも母は常に販売や介護の仕事など働き続けていました。介護については、自分が介護されるような年齢になっているにもかかわらずです。むしろ今では「働くことができなくなってつまらない」と愚痴をこぼしているほどです。

どんなに苦しい環境に置かれてもギブアップはしない——。これは言葉ではなく、ずっと働いてきた母の後ろ姿から学びました。メルセデス・ベンツ日本で厳しかった時代の商用車部門や乗用車部門に配属されても、とにかく与えられた環境で精一杯尽くしてきました。

振り返ってみると、母の姿を見ていなければ、これらの壁を乗り越えることはできなかったかもしれません。

家族３人でエジプト旅行をしたときの母・元さん(左)

昭和女子大学理事長・総長

坂東《ばんどう》 眞理子《まりこ》

「『運命は与えられたもの。その環境の中でベストを尽くす』という母の思いを胸に」

昭和女子大学理事長・総長
坂東　眞理子

ばんどう・まりこ
1946年8月富山県生まれ。69年東京大学卒業後、総理府（現・内閣府）入省。80年ハーバード大学客員研究員、95年埼玉県副知事、98年在豪州ブリスベン総領事、2001年内閣府男女共同参画局長等を歴任。2004年昭和女子大学大学院教授、07年学長、14年理事長、16年総長を兼務。

誠実に、一生懸命に生きる姿を見て

私の母・澄《すみ》は1911年（明治44年）12月28日に生まれました。ただ、当時は数え年だったため、届け出上は明治45年1月2日生まれということになっています。

生まれは富山県水橋町（現・富山市）という漁業、農業の盛んな町で、「米騒動」の始まりとなった場所とされています。

母は父親、私にとっての祖父にとても可愛がられて育ちました。祖父の母は明治時代に伝染病で亡くなったため、祖父を育てる人がおらず、養子に出る他なかったそうです。その分、自分の子に対する思いが強かったという背景があります。

もう1人、母を可愛がったのが祖父の養母です。母を大事に思う余り、「よそにお嫁に出したくない」と言うほどだったそうです。母はおとなしく、可愛がられるタイプの性格でした。

祖父は、母を東京で教育を受けた人と結婚させようと考えており、実際に婚約をしました。そして結婚のための衣装を買うために京都に行き、せっかく来たのだからと高雄山の紅葉見物に出たところ、祖父は心臓麻痺で亡くなってしまったのです。

縁談を進めていた祖父が亡くなった後、祖父の養母が「大事な孫娘を東京には行かせたくない」と婚約をご破産にしました。その後、富山県立山町の造り酒屋に生まれた私の父・菅原喜徳と結婚することになったのです。

母は、祖父が決めた東京帝国大学（現・東京大学）で薬学を学んだという人と結婚したかったというのが本音でしたが、父の養母が決めたことに対して自己主張をせず、受け入れていました。私は「お父さんと結婚しなければ私は生まれなかったんだから」と慰めていました（笑）。

母が嫁いだ菅原の家では、私の祖母が非常に強い人でした。地域の婦人会会長を務めるなど外向的な人でもあったので、母は嫁として、家事全般を一手に引き受け、一生懸命に働きました。父は祖母とは正反対で非常におとなしい性格の人です。

私は4人姉妹の4女として生まれました。当時は跡を継ぐ男の子が生まれなかったということで、周囲からは同情が集まったそうです。しかし母は非常に子供好きな人だったので全くがっかりもせず、「元気な、いい子供が生まれた」といって、とても可愛がってくれました。

実家が営んでいた造り酒屋は、戦前はあまり商売が上手でなくても、地主でしたから小作農家からの地代としてのお米で楽に生活ができていました。しかし戦後は農地解放で、小作農家に貸していた土地や財産を失って没落し、暮らし向きが変わってしまいました。

父方の祖母は、肩で風を切って歩くタイプの人でしたが、財産を失ってからはかなり優しくなったようです。ガンで自宅で亡くなる時に母に感謝して亡くなりました。それが母の密かな誇りでした。

母がよく私に言っていたのは「お与え様」という言葉でした。自分の運命は与えられたものであり、それを受け入れてベストを尽くすという考え方です。

正直な話、子供の頃の私はそんな母に対して「そんなに消極的だからダメなのよ。もっと頑張らないといけないんじゃないの」と生意気なことを言っていた記憶があります。

しかし母は与えられた環境の中で、父を支え、祖母のお世話をし、子供達を育てていたのです。世渡りは上手くなかったかもしれませんが、本当に誠実に、一生懸命に生きていることが伝わってきました。

また、両親ともに本をよく読む人達で、これは今の私に強く影響を及ぼしています。母は与謝野晶子の歌も大好きでした。

女性初の上級職として総理府に採用される

子供の頃の私は、まさに「健康優良児」でした。学校の成績はよく、スポーツもできました。小学校、中学校と地元の公立に通いましたが、女子として初めて生徒会長も務めました。姉達が女の子らしく育ったのに対し、私は家族の中では男の子のような役割だったのかなと思います。

姉達は地元の公立高校に通っていましたが、私は富山市内の進学校・富山中部高校を志望しました。当時は学区制があり、富山中部高校に行くためには住民票を移すなど越境しなければなりませんでしたが、母は「あなたが行きたいなら」と手続きをしてくれました。

東京大学を志望した際も、親族の中には「東大に行ったらお嫁の貰い手がなくなる」という人もいましたが、母は「本人が行きたいと言っているのだから」と応援してくれました。経済的に余裕がない中、できることをしてもらったと感謝しています。

就職の時期になって、進路に関していろいろと考えるようになりました。大学闘争の時期でしたから大学に残って研究を続けるという選択肢はありませんでしたし、男女雇用機会均等法以前でしたから民間企業にも入れない。ですから公務員になろうと決め、総理府

（現・内閣府）に入りました。

当時、総理府では女性の上級職を採用した事例はありませんでしたが、人事院の担当の方の紹介で入府できました。当時の人事課長からは「本省の課長は保証できないが……」と申し訳なさそうに言われましたが、私は「採用していただけるだけでありがたいので、一生懸命働きます」と応えました。

両親は総理府への就職に関しては「安定した仕事に就けてよかった」と喜んでおり、中央官庁の仕事が激務であるとは考えてもみなかったようです。

2人の子供達を育ててくれた母

母との距離が一気に縮まったのは、私が結婚して子供が生まれてからです。24歳で高校、大学の同級生だった夫と結婚し、2年後に長女を生んだのですが、当時は保育所も狭き門で、育児休業の概念もありませんでした。

長女は9月に生まれ、翌4月に保育所に入所できましたが、その間は両親が上京し、交代で世話をしてもらっていました。さらに保育所に入ってからも熱が出て休まなければならないという時には母に夜行で出てきてもらい、面倒を見てもらったのです。まさに母に

100%頼った子育てをしていました。

長女が1歳くらいの時に、総理府の国際交流事業である「青年の船」の仕事で日本を離れたのですが、その間に父が大動脈瘤の破裂で急逝、私は残念ながら葬儀に出ることもできませんでした。

父が亡くなった後、母は頻繁に上京するようになり、一緒に過ごす期間も1週間が2週間、1カ月になり、私が80年に米ハーバード大学に留学する時には同居していました。

9カ月間の留学でしたが、「子供を残して親に任せるなんて……」と直接・間接に批判する人もいました。しかし母は変わらず、子供を愛し、喜びを感じながら育児をしてくれたのです。

二女が生まれたのが、母が72歳の時です。その前までは「そろそろ富山に帰ろうか」と言っていましたが、「小学生になるまで頑張る」と言ってくれ、ついには二女が成人式を迎えるまで世話をしてくれました。

母は2004年9月20日に92歳で、子供達に囲まれる中で亡くなりました。

今は私も、与えられた場所でベストを尽くすという母の思い、「お与え様」の精神がわかります。様々な仕事を経験する中で、いいことばかりではありませんでしたが、常に「社会的な役割を果たしたい」という思いで取り組んできました。私に期待を寄せてくださった多くの方に応えたいという思いもありました。特に母の期待は大きな拠り所でした。

支えになったのは、自分の考えや思いを表現させていただく場があったことです。『女性の品格』というベストセラーもありましたが、私にとっては33冊目の本です。その裏にあるのは売れなかったけれども、私にとっては大事な本達です。

今は、大学で将来を担う女性を育てる仕事をしていますが、彼女達に伝えたいのは「100％完全な選択はない。まずやってみて、ダメだったら変えればいい。それぞれの場で全力を尽くす」ということです。私自身の経験からも、教えてもらうのではなく、自分で経験し、「気づく」ことが大事なのです。

坂東さんの母・澄さん

SMBC日興証券元会長

清水《しみず》 喜彦《よしひこ》

「ネアカでポジティブ、働き者、人への感謝という母の性質を受け継いで」

SMBC日興証券元会長
清水　喜彦

しみず・よしひこ

1955年12月山梨県生まれ。78年早稲田大学商学部卒業後、住友銀行（現・三井住友銀行）入行。2008年常務執行役員、10年取締役兼専務執行役員、12年代表取締役兼副頭取執行役員、14年取締役副会長、15年6月SMBC日興証券顧問、同年9月代表取締役副社長、16年代表取締役社長、20年4月代表取締役会長、21年4月顧問に就任。

両親は偶然の縁でお見合い結婚

母・喜子は山梨県甲府で5人兄妹の唯一の女性として生まれました。兄2人、弟2人でちょうど真ん中だったのですが、私にとっての祖母が早く亡くなったこともあり、家族の中で母親代わりを務めていたそうです。

祖父は海軍の軍人でしたが、戦後は農業と氷店を営んでいました。母は農業と氷店の仕事を手伝いながら、弟達の世話もしていたこともあり、当時としては結婚が遅い方でした。

父・彦四郎は7人兄弟の二男として生まれましたが、長男が早逝し、実質6人兄弟の長男です。父が二男なのになぜ「彦四郎」かというと、祖父が「強い子に育って欲しい」という願いを込めて、後醍醐天皇の皇子を護って戦った豪傑・村上彦四郎義光から名前を取ったのです。

父が旧制甲府中学（現・甲府第一高等学校）1年生の時に、祖父母が立て続けに亡くなってしまい、兄弟を育てるために学校を辞めて、国鉄（日本国有鉄道、現・JR）で働くことになりました。父も弟達の面倒を見ていたため、本人はなかなか結婚できませんでした。

そうして父が29歳、母が26歳の時に、全く関係のない2人の方から、偶然にも同じお見合いの話が双方に持ち込まれたのです。父は「違うところから同じ縁談が来るのも何かのご縁」としてお見合いをし、父が30歳、母が27歳で結婚しました。

1年後に私が生まれましたが、父は私が生まれてすぐクモ膜下出血で倒れてしまい、1年ほど東京で入院生活を送ることになってしまいます。しかし母はへこたれませんでした。母の性格の特徴は3つあり、私は強く影響を受けています。1つ目は非常にネアカでポジティブです。父は私が高校2年生の時にもクモ膜下出血で倒れ、この時には4カ月間意識が戻らなかったのですが、母は「何とかなる」と常に前向きでした。

そしてどちらかというと大雑把な人です。おおらかと言ってもいいかもしれませんが、人に対して分け隔てがないのです。父が兄弟の多い人でしたから、夏休みになると叔父・叔母が子供達を連れて我が家に集まります。大人達は何泊かすると帰り、多い時で15人の子供達が1カ月近く過ごしていたのです。

面倒を見るのは母ですが、家のこともありますから、子供達に付きっきりになるわけにもいきません。ですから例えばお昼ご飯には大量のそば、天ぷらを大皿に用意して、後は子供達に任せるという状態です。

この時、私は子供でも数が集まると派閥ができるのだということを知りました。私は本家の長男ですから10人ほどの最大派閥で、3つ下の弟のところが2、3人、どちらにも属したくないという同い年の従姉妹と小さい子といった形です。

お昼の天ぷらそばも、最初は私が全て取るわけですが、それではケンカは終わりません。そこでわかったのは、自分がある程度取った後には、相手にも分け与えないと、私が食べる時間がなくなるということです（笑）。

武田信玄公は「およそ戦というものは、五分をもって上とし、七分を中とし、十分をもって下とす」としていますが、実生活の中でも理解できる話です。

母の2つ目の特徴は働き者だということです。前述のように、実家では家族の面倒を見ながら農業、氷店の仕事を手伝っていました。

嫁いでからも、子育てに加えて父の弟達の世話をしながら、家では貴石加工の工場を営んでいました。山梨は水晶が有名ですが、これを「大割り」といって板状に加工する機械を4台、24時間体制で稼働させていたのです。母は昼夜問わず働く生活を苦にしていませんでした。

3つ目は人に対する感謝の気持ちが強いことです。「ありがとね」が口癖でしたが、祖母が亡くなった後、父が倒れた時など、周りの人に助けてもらったという思いがあったからです。

私の妻は「『ありがとね』という言葉は強いんだね」としみじみ言っていました。母は話の結論を急ぐ私にはあまり電話をせず、いろいろ話を聞いてくれる妻によく電話をしていました。

もちろん妻にもいろいろ都合もあるわけですが、母に「うちはいいお嫁さんが来てくれて本当にありがたい。ありがとね」と言われると悪い気はしませんし、ご近所にも言っていますから、巡り巡って本人の耳にいい評判が入ってくるわけです。

私はこれら3つの母の特徴に加え、几帳面な父の気質も受け継いでいますから、仕事の面では大いにプラスに働いています。

人を束ねる面白さに目覚めて

私が小学校2年生の時、引っ越しをすることになりました。住宅街の中で工場を運営していたため、騒音の問題が出てきたことで、同じ甲府市内の郊外に移ることにしたのです。

この時、小学校の学区が変わるので転校する話が出ました。ただ、私に記憶はありませんが相当ゴネたようで、バスで越境通学をすることになりました。

朝夕ともに通勤・帰宅ラッシュに巻き込まれないように、少し早い時間に移動する必要があり、特に放課後は遊んでいる途中に抜けなくてはなりません。野球にしてもドッジボールにしても私が抜けたチームは不利になるわけです。

そうなると仲間外れにされるようになり、元々はガキ大将タイプの私ですが、少しずつ内気になっていったのです。図書館で本を借りて家で本を読む生活をするようになりました。

甲府西中学に進んでからもガキ大将の部分と、仲間外れにされた名残りとでモヤモヤした日々を送っていましたが2年生の時、全国から研修で多くの教員が我々の中学に訪れた際、なぜか私が司会を任されました。それが高評価だったようで、生徒会選挙の際に役員に立候補するよう打診がありました。

それを断ったところ、では選挙管理委員長をやりなさいということになりました。当時、生徒会選挙をしても立候補がほとんどないと聞いた私は「それではいかん」と義憤を感じ、みんなを説得して、史上最多の立候補者を出す選挙を実現しました。

結果、生徒会役員を決める際に、私は書記長に推されました。その仕事の一つが全校朝礼の司会です。１２００人の生徒が私の号令で動くわけですが、これは私が組織を束ねることの面白さに目覚めたきっかけでした。

運動ができる、絵が上手、ケンカが強いといった個性を持つ面々をどう束ねていくかを考えるようになったのです。

宿澤広朗さんとの出会い

高校は甲府第一高校に進み、同じ学校出身の父は非常に喜んでくれました。ただ、前述の通り2年生の時に父が倒れ、大学進学を諦めて働きに出ようと考えていました。その時に親友が東京で病床の父に付き添っている母に「喜彦に早稲田大学の推薦を受けさせてあげて欲しい」と電話をしてくれたのです。

すると母はすぐに担任の先生に電話をしてくれ、推薦を出してもらえることになりました。親友の助けと、母が動いてくれたことで道が開けたのです。

銀行への就職はご縁としか表現できません。卒業を控えて、ゼミの青木茂男先生に就職の希望を聞かれた私は「商社に行きたいです」と答えました。すると先生は「商社には君のような人間は多い。しかし銀行には少ない。もっとも、銀行に行ったら、成功するか失敗するかのどちらかだ」と言うのです。

そうして銀行を回ることにしたのですが、ゼミの仲間から「住友銀行（現・三井住友銀行）に行こう」と言われました。ラグビー日本代表、後に日本代表監督、三井住友銀行取締役専務執行役員も務めた宿澤広朗さんがリクルーターで、サインをもらえるという話です。

集団面接を受けた後、見込みがあると思ってもらえたのか、宿澤さんから電話をもらい、再び住友銀行を訪ねました。するとそこで3時間待たされ、その後に出てきた方にイライラのまま本音をぶつけたところ、なぜか気に入ってもらえたようです。出てきた方は当時の取締役人事部長でした（笑）。宿澤さんからはひどく怒られましたが、その場で採用が決まりました。

左から、清水さんの母・喜子さん、父・彦四郎さん

銀行、そして証券会社で仕事をしてきましたが、意識してきたのは母譲りのネアカ、ポジティブに、とにかく働き者であろうということです。

そしてリーダーとしては率先垂範する、全体最適を意識する、現実に向き合って解決法を考えるということを自分でも意識し、後に続く人達にも伝えてきたつもりです。

学研ホールディングス社長

宮原《みやはら》　博昭《ひろあき》

「2つの道があったら辛い方の道を行きなさい、という母の言葉に背中を押されて」

学研ホールディングス社長
宮原　博昭

みやはら・ひろあき
1959年広島県生まれ。82年防衛大学校卒業後、西本貿易を経て、86年学習研究社（現学研ホールディングス）入社。2003年学研教室事業部長、07年執行役員、09年取締役。学研塾ホールディングス、学研エデュケーショナル、学研教育出版（現学研プラス）各社長を歴任。10年より現職。

対照的な家庭で育った父と母

母親の存在は絶対的なもの――。母・重子《しげこ》の姿を思い出すと、このように感じます。母は2人の子供である兄とわたしに愛情をたっぷり注いでくれましたが、それは決して子供のために何でもするという溺愛ではありません。愛情は目に見えるものではなく、感じ取るものだと。ですから、厳しさの中から母の愛情を感じ取って育てられたように思います。

父・昭允《てるまさ》と母は共に広島県呉市の出身。ただ、実家は対照的で、父は過去に貴族院議員を輩出し、代々、医師を務めてきた名家の生まれで、家にはお手伝いさんが何人もいた裕福な家庭だったようです。実際に父も慈恵医科大学医学部に進んで医師になりました。

一方、母の家庭は苦しかったようです。特に母に大きな影響をもたらしたのが両親の死。母が小学生だったときに子どもを出産した母親が亡くなり、そのとき産んだ子の命もつなぎ留められませんでした。さらにその4カ月後、母親を追うように父親も他界してしまったのです。

結果として、1年の間に3人の命を母は失いました。代わりに父方の祖母が母を育ててくれたのですが、幼少期から母は自立した生活を送らざるを得ませんでした。しかも、母が女学校に通っていたときは戦時中。呉海軍工廠で働いていたときに、広島に投下された原子力爆弾のキノコ雲を見たのです。父も医学生として人命救助に当たっていたと言います。人の命の尊さを肌で感じていたのでしょう。

そんな人の死を間近で見て来た母は正義感のとても強い女性でした。特に曲がったことが大嫌いで、弱いものいじめなど、もってのほか。むしろ、助けを求めている人を助けなかったりすれば、とても怒る人でした。

しかも、「男はケンカで負けたりしてはいけない。ケンカするなら勝つまでやりなさい」という負けん気のある側面も持っており、あるとき6歳上の兄がケンカで泣いて帰ってくるなり、慰めるどころか、叱り飛ばし、さらにはケンカで勝つ方法を教えていた光景は今でも覚えています。

それでも母親として子供には溢れ出るほどの愛情を注いでくれました。セーターやマフラー、制服などを手作りで作ってくれましたし、わたしはスーツまで作ってもらいました。また、兄が進学校の高校に進んで下宿を始めたときは、兄の使っていた布団を抱きしめながら、涙を流していた母の姿を何度か見ました。

大人になっても、母の愛は更に深くなり、わたしが２０１０年に学研ホールディングス社長に就任した時も母は喜んでくれましたが、盛んに「働き過ぎて身体を壊さないように」と身体を気遣ってくれていたことが思い出されます。小さい頃から家族の死に接してきた母にとって、自分の子供たちが元気でいることが何より嬉しかったのだと思います。

唯一反対された防衛大への進学

年をとっても母は勉強していました。驚いたのは、あるとき、母が写経で通っている法相宗大本山・薬師寺での催しに参加したときのことです。

管主の方から「お母様は1千本近い写経を書いておられます」と聞きました。これは段違いの数です。お陰でお寺の方から「息子さんであれば２００本くらいでしょうか」と写経を勧められたときには苦笑いをせざるを得ませんでしたが（笑）。

社長就任時には徳川家康の「人の一生は重荷を背負て遠き道をゆくがごとし、いそぐべからず…」という明訓を書いた掛け軸を送ってくれました。今でもデスクに飾ってあります。

そんな父と母はとても仲の良い夫婦でした。たまに夫婦喧嘩をしていましたが、母は父をとても愛していました。父が医学生として広島大学の大学院に通っていたときも、学費が実家から出ないことを知った母は自分の着物を質に入れて父の学費に充てていました。また、父の執筆した博士論文の資料の統計を、ソロバンを弾いて完成させたりしていたようです。

子供の教育には母は非常に力を入れていました。母は大正15年生まれでしたので、その世代の人たちにとって家庭教育は厳しいものであるべきだという価値観があったのだと思います。

幼い頃の私にはよく「世のため、人のために尽くしなさい」と言っては、毎週日曜日には社会性を身につけるために、近くのルーテル教会の日曜学校に通わされましたし、小学1年生からはボーイスカウトの組織でもある「カブスカウト」にも通わされました。

白陵高校へ入る前の中学時代は県下でも強い野球部に所属したのですが、入部1年間はボールやバット、グローブさえも持たせてもらえず、声を出すか片づけるだけ。しかも練習は365日で元日も休みなし。

あまりに辛くて仮病で休もうと、コタツに体温計を入れて「熱があるから休む」と言っても、即座に見抜かれる。「自分で連絡しなさい」と言われ、結局、遅刻して学校に行きました。

母はわたしの進路に対して特段、何か言ったりはしませんでしたが、唯一、反対されたのが防衛大学校への進学。わたし自身、「国を守りたい」という思いから戦闘機のパイロットになりたくて防衛大への進学を母に相談したのですが、母は「死ぬからダメだ」の一点張り。最後は父が母を説得してくれたそうです。

詳しく聞くと、父も医師になる前に海軍兵学校を受けて失敗した過去がありました。自分は海兵に行けなかったが、息子が行きたいと言っている。自分の血を継いでいるんだと言ってくれたのです。ただ、母にとっては誰も失いたくないという強い想いが人一倍あったはずです。

大学時代は盆暮れ以外、実家に帰ることはなかったのですが、わたしが家から学校に戻る姿を見送る母は、わたし同様、いつも何とも寂しそうな表情をしていました。

一方で父も母も開校式に出席することもなく、訓練中の事故で長期入院したときも見舞いに来てはくれませんでした。なぜ来てくれなかったのか。２人にその理由を聞けなかったことが心残りになっています。

姓名判断で名前を変える？

母の「命」に対する強い想いが実際の行動になって表れたことがあります。今でも覚えているのですが、母はいつの間にか兄とわたしの姓名判断を受けたのです。すると、兄は「中年で死ぬ」、わたしは「30歳までに事故死」するという結果に。母は真剣にわたしたちの名前を変えることまで父に進言したのです。結果、兄は名前を変えましたが、わたしの名前は変わりませんでした。

というのも、わたしは父が博士号を取得した年に生まれ、父から名を1字もらっていたため、父にとっては思い入れの深い名前だったのでしょう。

しかし、子供心に名前が変わらなかったのは「兄と違って自分は死んでも良いということか」と寂しく思ったことを覚えています。

さらにわたしは母に再び心配をかけます。防衛大卒業後に海外で仕事をしたいと思って貿易会社に入社し、アメリカで足掛け5年間、サンキストのフルーツやカリフォルニア米、日本食を輸出入する業務に携わりました。異国の地で生活するわたしを母はとても案じていたようです。

逆に母が大喜びをしたのが学習研究社（現学研ホールディングス）に入社したとき。やっと安心・安全な民間企業に就職してくれたとホッとしていました。

進学のとき、転職のとき、人生の岐路において、今まで実行しているのは、母の「2つの道があったら辛い道を選びなさい」という言葉です。この考え方は、経営判断をする際の基準にもなっています。常に厳しい道、辛い道を選択する生き方が、わたしを成長させたと心から思っています。

子供への深い愛情を持っていたけれども、それを我々に見せることなく感じさせてくれた母。母のお陰で今のわたしがあると感謝しています。

平成15年の父・昭允さんの瑞宝章の叙勲記念時の重子さん

ジム会長兼社長

八木原《やぎはら》　保《たもつ》

「『人間一生　努力と研究』。母の言葉は今も経営の支えになっています」

ジム会長兼社長
八木原　保

やぎはら・たもつ
1940年埼玉県生まれ。高校卒業後、ニット製品卸売業の世界に入る。65年に独立、ジムを創業。現在は会長兼社長。東京ニット卸商業組合理事長、日本メンズファッション協会理事長などの活動を通じ、長く繊維ファッション業界に貢献。2012年黄綬褒章、20年旭日双光章を受章。

気が強く、芯の通った母

わたしは1940年（昭和15年）、父・壽三郎、母・美津のもと、埼玉県の星宮村（現・行田市）で生まれました。6人きょうだいの5番目。姉と妹が1人ずついまして、わたしは4男坊でした。

家は農業を営んでおり、古くからの庄屋のような、大きな農家でした。わたしが生まれたのは戦争中ですが、物心がついた頃に終戦を迎えました。まさに日本がどん底の時代です。戦争に負けて、日本全体が打ちひしがれて、明日に向けて生きるのに精一杯で、夢も希望もないような状態でした。

鮮明に覚えているのは、とにかく生きるための食べ物が無い時代でしたから、わたしの家まで東京から現金を持ってきて、サツマイモやジャガイモを買いに来る人たちが沢山いました。貴重な食料なので、それこそ、いくらでも言い値で買ってくれるような状態で、今でもそういう光景を覚えています。

東京は焼け野原で、人々は皆食うや食わずの生活を強いられています。だから、いろんな人が頭を下げて、お金を持ってきてくれる農家はいい商売だと思ったりもしましたが、農作物ができるまでの苦労は相当のものです。

農業は今でこそ機械化されているけれども、当時はトラクターなど無いので、鍬をもって、人手で畑を耕していくしかありません。子供の頃は家に馬がいましたが、人手に代わる唯一の力は馬力のみで、あとは人間がやるしかありません。

だから、われわれ子供たちも朝4時くらいから田畑を耕し、学校から帰ってきたら家を手伝うのは当たり前。とにかく人力が必要だったので、肉体労働は本当に大変だと思いました。

母は1906年（明治39年）の生まれ。行田市谷郷で生まれ、実家は足袋の工場と兼業農家を営む家庭で、4人きょうだいの3番目でした。明治の女ですから、気が強く、直接苦労した話を聞いたわけではないけれども、わたしも幼心に母の芯の強さは感じました。

父は地元を仕切るまとめ役のような存在で、近所の方が家にいろいろ出入りしていました。だから、小さな田舎の集まりとはいえ、父はよくリーダーシップを発揮していました。

父と結婚し、母は農家をやりながら、家事もこなし、人に言えない苦労も沢山あったようです。とにかく、母は勤勉で、負けず嫌いで、自ら先頭に立つ。わたしは小学校、中学校の9年間無遅刻・無欠席だったというのが自慢ですが、そうした真面目さは母から学んだような気がします。

両親が言っていたのは、「全ての責任は我にあり」ということ。良くも悪くも全ての原因は自分にあると思いますし、それは両親から教えてもらいました。

母親譲りの負けず嫌い

実家は熊谷の駅からも行田の駅からも5～6キロ離れているので、小さい頃は都会に行ったことがありませんでした。

わたしが子供の頃はテレビも娯楽もない時代。子供たちの遊びといえば、魚を獲ったり、イナゴを捕ったりの毎日で、本当に世間知らずの田舎者でした。

長男はじめ、兄たちはいろいろなところに連れて行ってもらったりしていましたが、4男坊にもなると両親はあまり構ってくれません。それなりに可愛がってもらったものの、戦中、戦後の混乱期だったこともあり、皆生きることに必死でした。

母は教育熱心で、よく「人間一生　努力と研究」と言っていました。これは今でも印象に残っている言葉です。

子供の頃は簡単に高校、大学に通えるような時代ではなかったけれど、きょうだいは皆、学校の成績は良く、長男は農家を継ぎましたが、学校の先生になった者もいます。母の性格を受け継いだのか、わたしは小さい頃から負けず嫌いで、常に1番を目指していました。きょうだいの誰にも負けたくないと思っていました。

わたしが東京に出てきたのが1958年(昭和33年)。学校の先生や先輩の勧めがあって、繊維の世界に飛び込みました。

高校を卒業し、丁稚小僧になって、住み込みで働かせてもらいました。朝起きてから、夜遅くまで働き、月に1度休みがあれば良い方でした。

母はわたしの選択については一切口を挟まず、「自分の人生なんだから、自分で切り拓きなさい」と言ってくれました。これはわたしだけでなく、きょうだい皆に言っていました。

母の教えもあって、わたしは「全ての責任は我にあり」と考えていたので、東京に来たからには何とか一旗揚げたいと。そういう気持ちを強く持ちながら将来独立することを夢見て頑張りました。

当時の給料は7500円で、寮費と食費で4500円を払うので、手元に残るのは3000円しかない。それでも遊びに行く時間も無いし、ずっと働いていたので、少しずつ貯金して、25歳の時に会社を退職。結婚して、子供が生まれると同時に、独立を決めました。

独立すると決めた時は皆から反対されました。特に子供が生まれたばかりだったので、なんで安定した職を捨てるのかと。しかし、わたしは自分の力を試したいと思いました し、お金も商品も何もないけれども、何とか一旗揚げようと考え、最初の3年間は飲まず食わずの生活で頑張りました。

やはり、子供の頃から農業に関わってきたからでしょうか。丁稚小僧でこの世界に入ってからのツライ時期も6~7年辛抱できたし、独立してから3年くらいの厳しい時代も物事を投げ出さずにやりきることができました。小さい頃に苦労した体験というのは、今日の糧になっていると思います。

夢と勇気、元気、希望をもって

わたしが独立し、原宿にやってきたのが1965年（昭和40年）です。当時の原宿は新宿と渋谷に挟まれた閑静な住宅街で、今のような大発展を遂げるとは思ってもみませんでした。

田舎で育ったからなのか、わたしは昔から環境が重要なキーワードになると信じていました。明治神宮があり、表参道に連なるケヤキ並木もあるという、原宿の緑豊かな雰囲気は、田舎育ちのわたしにとって非常に居心地が良かったです。

あっという間の55年ですが、原宿が徐々に発展し、多くの若者が訪れ、活気ある街並みになったことを、わたしは日々肌で感じてきました。当初はお金もモノも何も無かったけど、1年、1年世の中が変わっていくことが肌感覚で分かるというのは、非常に楽しい思い出です。

一方で、今はモノにあふれ、豊かになったけれども、なぜか人々の心が満たされていない。先行きが見えない不安にさいなまれているような気がしますので、早く夢や希望を見出せる世の中になってほしいと思います。

1975年4月、母は69歳で亡くなりました。詳しくは分かりませんが、江戸時代あたりまで遡ると、先祖はそれなりの人だったようで、母は子供たちに対して、口癖のように「先祖を敬って、恥ずかしいことはしないように」と言っていました。

有難いことに、わたしは2012年に黄綬褒章、20年に旭日双光章をいただきました。褒章を2ついただくのは、叙勲した人の中でも100人に1人いるかどうかだそうです。

実は3番目の兄・宏も瑞宝双光章をいただいています。兄は教師をやっていたのですが、これからは福祉の時代だというので、埼玉県の福祉の普及に尽力した功績が認められまして、この他、姉の旦那も高校の校長先生を歴任されたということで瑞宝双光章をいただいています。

ですから、田舎の義兄弟の中から3人も褒章をいただいたことは驚きであり、感謝していると同時に、わたしも少しはお国の役に立つことができたのかなという意味で、亡くなった母も喜んでくれていると思います。

自分の事業もそうですが、わたしは環境と地域貢献を大切にした経営を心掛けてきました。やはり、自分のことも大事だけれども、国を憂い、地域を大切にするという思いがなければ、企業経営はうまくいかないような気がします。

教育熱心だった母・美津さん。八木原さんの負けず嫌いな性格は母親譲りだという

特に今はコロナ禍で非常に国全体が暗くなっている。そういう時代だからこそ、夢と勇気、元気、希望をもって、前向きに生きていきたいと思います。

みずほフィナンシャルグループ取締役会議長

小林《こばやし》　いずみ

「終戦の翌日に土地を買いに行った祖母の生き方が、私の経営者としての原点」

みずほフィナンシャルグループ取締役会議長
小林　いずみ

こばやし・いずみ
1959年1月東京都生まれ。81年成蹊大学文学部卒業後、三菱化成工業（現・三菱ケミカル）入社。85年メリルリンチ・フューチャーズ・ジャパン入社、2001年メリルリンチ日本証券（現・BofA証券）社長、02年大阪証券取引所（現・大阪取引所）社外取締役、07年経済同友会副代表幹事、08年世界銀行グループ多数国間投資保証機関長官。現在、みずほフィナンシャルグループ取締役会議長の他、ANAホールディングス社外取締役、三井物産社外取締役、オムロン社外取締役を務める。

混沌の中に好機がある

私が強く影響を受けたのは、母方の祖母・はるです。１９０９年（明治42年）に東京・深川で生まれ育ち、大正時代に青春を過ごした人ですが、とにかく「商売」が好きでした。

これは逸話の多い祖母のとっておきの話です。終戦間際、祖父は2度目の召集令状を受けて出征しており、祖母は祖父の実家がある茨城県の水戸に疎開していました。

元々祖母は戦争が終わったら料理屋を開きたいという希望を持っていましたが、１９４５年（昭和20年）8月15日に終戦になると、その翌日、手元にあったお金を全て持ち、日本橋の土地を買うために上京したのです。

交渉の結果、その日に購入の話がまとまり、翌日には残金を持参するという約束をして、帰路につくためにやってきた上野駅で、偶然復員してきたた祖父と遭遇したのです。

祖父は商売にはあまり関心のない人でした。祖母の姿を見て驚いた祖父は「こんなところで何をしているんだ！」といって水戸に連れ帰り、翌日に上京することができなくなって契約が流れてしまったのです。

後年、祖母は「あそこで爺さんと偶然出会わなければ、今頃私は日本橋で料亭が経営できていたのに……」と悔しそうに言っていました（笑）。その後も祖母は諦めず、水戸で一等地の売りが出ると「買いたい」と言っていたそうですが、その度に祖父に止められていました。

祖母は長女として生まれたのですが、下に生まれた弟が早逝し、曾祖父も早くに亡くなったことから、曾祖母とともに家を支える立場にあったことも、人格を形成する上で大きかったのだと思います。

本人はいつも「商売が好きだ」と言っていましたし、後年、水戸で小さな料亭を営むようになりましたが、その姿を子どもながらに見ていても、人を使うのが上手だなと感じていました。決して「自分が自分が」というタイプではなく、周りの人の力を生かしながら、カギとなる意思決定はするという人です。

この素養は天性のものだったのだと思います。祖母には失うことを恐れない大胆さと前向きさがありました。そして、大叔母などの話を聞くと、「大正デモクラシー」という、活気があり、自由に物事を考えることができた空気の中で祖母が青春時代を過ごしたというのは大きかったのではないかと思います。

私の母・まち子も祖母の血を受け継いでいるわけですが、戦中・戦後の閉塞感のある時代に多感な時期を過ごしたせいか、物の考え方に保守的なところがあると感じます。

私は祖母に非常にかわいがられたこともあり、物心付いた時から祖母の逸話を聞いてきました。終戦の翌日に土地を買いに行く、つまり混沌の中にオポチュニティ（好機）があるということが強く印象付けられました。

そしてもう一つ、子どもの頃に祖母から言われて強烈に印象に残っている言葉があります。それは「お金は、借りたい時には誰も貸してくれない。だから、不要な時に借りておかないといけない。それを少しずつ返して信用の実績をつくることで、本当に必要な時に貸してもらえる」ということです。

また、多くのご家庭では「借金をしてはいけない」と言われると思います。祖母は逆に「借金は財産だ」と言っていました。

祖母がなぜ、まだ小学生の私にこの言葉を言ったのかはわかりませんが、自分が企業を経営する立場になって、本当にこの言葉の大事さを実感しましたし、この原則は守らなければならないと思いました。祖母はキャッシュフローと信用の重要性を教えてくれたのです。私のＤＮＡに埋め込んでくれたと感じます。

子どもの頃の私はまさに「普通」の子でした。ご近所からは「いずみちゃんは本当にいいお嫁さんになるね」といつも言われていたくらいです。

これは母の教えですが、小さい頃から家事の手伝いをしていたからだと思います。例えばお米は3歳から研いでいました。私はそれが普通だと思って育ちましたが、大学時代に部活の合宿をした際、お米を研いだことがない仲間がいて「私は騙されていた」と知りました（笑）。生活していく上で必要なことは母から教わりました。

「いい学校に決まったな」と言われて反発

小、中学校は地元の公立に行き、高校も都立に合格しましたが、担任の先生に「いい学校に決まったな」と言われたことになぜか反発し、恵泉女学院に通うことを決めました。私には、子どもの頃から何でも人に決められるのが嫌で、自分で決めたいという気持ちが強かったことが影響したのだと思います。

私が成人してからは、母はそれが不満だったようです。周りの女の子は常に母親に相談をして物事を決めていたのに、私は一切相談せずに、全て自分で決めていたからです。

恵泉での3年間は個性の強い友人達、懐の深い先生方のおかげで、非常に充実したものになりました。

大学は成蹊大学に進みました。文学部でしたが、主に学んだのは社会学です。ただ、大学時代に打ち込んだのは外洋帆船部での活動でした。入部した動機は「知らない世界を見てみたい」というものです。

特に印象に残っているのは、20歳の時に3カ月間、南太平洋に行ったことです。肉体的には全く問題なかったのですが、24時間逃げ場のない、クローズドの世界での人間関係は難しく、精神的には厳しい経験でした。この時に苦労を共にした仲間は、久しぶりに会っても、言葉に出さずとも通じるものを感じます。

また、私のストレスのレベルは、この経験が基準になっていますが、まだ、この時以上の経験はしていません。

航海に出るための資金を稼ぐためにアルバイトにも打ち込み、3年生の時には人の手配をする側になっていました。そこでそこそこのお金を稼いでいたこともあり、就職してから給与をもらった時には少ないなと感じたことを覚えています（笑）。

新卒で入社したのは三菱化成工業（現・三菱ケミカル）です。当時は4年制大学を卒業した女子を採用する企業は少ない時代で、いろいろ驚くことも多かったですが、いま振り返ると非常に優しい会社でした。

社員とその家族への責任を感じながら

転職にあたってメリルリンチに入社したのは、単に新聞の就職情報を見ながら応募したという偶然の出会いです。仕事は本当に充実していました。三菱化成での仕事が与えられたものだったのに対し、メリルでの仕事は自分で判断し、完結させるものだったからです。誰も手掛けておらず、やりたい仕事があればどんどんやっていいという風土でしたし、報酬も仕事の成果次第。全て自分で決めたい私に合っていました。

社長に就いた時には、それまでとは違う責任を感じました。部長、役員の時は部下への責任は感じていましたが、社長はその家族まで全て、自分に責任があると感じたからです。常に「次に何が起きるか?」を考えながら経営していましたが、これは海と対峙していた大学の部活での経験が生きました。

在任中にはリストラも実施しましたが、「次にこれをやるからリストラするんだ」ということを語れないと、辞める人は納得できないでしょうし、残る人も不安ですから、強く意識して取り組んできました。祖母から言われてきたことが実感を持ってわかったのが、この頃です。

小林さんと祖母・はるさん

その後、国際機関での経験を経て、現在はいくつかの企業の社外取締役を務めさせていただいていますが、女性という意味では、自分の役目は社内から人材が育つまでの「つなぎ」だと認識しています。逆に、女性の社外取締役を入れて数字がよく見えれば良いと考える企業からの依頼はお断りさせていただいているのです。

女性の側の意識も変えていく必要があります。中には「自分は女性だから下駄を履かせてもらっている」と考えてしまっている人もいますが、これまで男性が下駄を履かせてもらってきたわけですから。そんなことを考える前に結果を出すべく努力をした方がいいんです。

私は次にやりたいことを決め込まないタイプですが、大きな意味で若者が活躍しやすくなる企業、国にするための活動をしていきたいと思っています。

イマジンネクスト社長

笹川《ささがわ》　祐子《ゆうこ》

「ご先祖を大切にし、働き者だった母のように、わたしも85歳まで現役で社会のお役に立ちたいと思っています」

イマジンネクスト社長
笹川　祐子

ささがわ・ゆうこ
１９６２年７月生まれ。北海道出身。85年藤女子大学卒業後、出版社、パソコンスクール勤務などを経て、97年イマジンプラスの前身となる人材事業を創業。２００３年イマジンプラス設立。２０２１年１月ワールドホールディングスにグループ入りし、イマジンプラス顧問に就任。２０１２年に創業したイマジンネクストは今もオーナー社長として経営に携わる。

米作りだけでなく、野菜、花、加工施設まで始めた母

父・笹川安一《やすいち》は北海道滝川市江部乙町生まれ、母・幸子《さちこ》は隣町の妹背牛町《もせうしちょう》出身です。父は、現在83歳、母は81歳になっています。

父の祖父は四国からやってきた屯田兵で、1代で農地を拡大、より平らな土地を探して滝川市にやってきて、手広く農業を展開。信望篤く困った人の面倒をよく見て、地域へ貢献したと聞いています。

大変先見性があり、女の子を女学校に入れて教育を受けさせたり、自分で占いもやっていて、「この日に死ぬから」と言った日に死んでいった祖父なので、跡取りの孫（父）がボンボン育ちになってしまったことを心配して、しっかりした嫁さんを見つけなければいけないと、真剣に嫁探しをし、見つけてきたのが母でした。

母は当時から働き者で有名で、その話を聞いた曽祖父が何度か母のもとを訪ね、父が25歳、母が23歳のときに結婚しました。

ちなみに母も四国・徳島からきた屯田兵の孫で、7人兄弟の4番目でした。

母は結婚した翌年にわたしを生み、その後、2人の娘を生みました。

今でこそ、わたしは「いつも元気だね」と言われますが、小さい頃は病弱で入退院を繰り返していました。

病弱だったので、農業で忙しい母にはたくさん面倒をかけたと思います。妹たちは、母や家の手伝いをよくしてくれました。

そんなわたしを心配して、主治医から「夏に潮風にあたると冬は風邪をひかなくなる」と言われ、毎年、夏になると、母と妹たちと1週間程、海の家で過ごしていました。ただ、わたしは行く途中も乗り物酔いをして、現地に着いても数日間寝込み、2~3日目にようやく海に入るといった状況。帰宅すると、ぐったりして寝込んでしまうといった状態でした。

母は学業は優秀だったそうですが、地理などの社会だけは苦手だったようで、娘たちはそうならないようにと、わたしたちが小さい頃は、日本地図や世界地図のジグソーパズルを買って遊ばせたり、社会勉強を兼ねた旅行によく連れて行ってくれました。

例えば、第11回オリンピック冬季競技大会の会場が札幌市になり、地下鉄が開通した時は、家族みんなで滝川から札幌まで旅行に出かけました。

地下鉄に初めて乗るときには、1人ずつお金をもらって切符の買い方を覚えて、札幌から真駒内というスキー場のある駅まで2往復したのを覚えています。

母は単なる観光旅行ではなく、新しいことを体験できるような旅行を企画してくれていました。

それをよく覚えていたので、わたしも甥っ子を東京に呼んでは、水上バスで東京湾や千葉まで行ったり、子どもが関心を持つようなテレビ局などへ社会見学を兼ねて連れて行きました。

本当に働き者の母で、用事があって実家に電話をしても、父はいるものの、母はいつも不在で捕まえるのが大変でした。家の仕事が終わっても、親戚の家の手伝いなど、夜9時でも家にいないことが多かったです。

わたしが社会に出て、20代からハードワークが自然にできたのも働き者の母の背中を見て育ったからだと思います。

「お天道さまが見ている」が口癖で、かげひなたなく、誠実に、何事にも一生懸命でした。また、新しいことへの挑戦も好きな人でした。わが家は米作りを中心とした農家でしたが、母は野菜づくりを始めると、次はかすみ草など花づくりへ。そして、農作物を作るだけでなく、地産地消に取り組む加工施設を作りました。完熟トマトだけを使ったトマトジュース、リンゴジュース、しそジュース、ブルーベリージャムなど、地元で採れる新鮮な野菜や果物などを活かしたのです。

地元の高齢者たちが集まって加工施設を運営していたのですが、ついこの間、3年程前まで母もその施設で働いていました。

東京で暮らすわたしのところやお世話になっている方々へもトマトジュースや黒大豆などを贈ってくれ、好評で注文をもらうほどでした。

実家に帰省したときの朝採りナスやトマトを使ったごはんは絶品で、この歳になっても、母の手作りの料理をいただけることに感謝の気持ちで一杯です。

母の生き方を振り返ると、30歳直前、バッグに夢と希望だけを持ち、北海道から上京し、起業したわたしには、母の開拓者魂が受け継がれているように感じます。

挑戦心に富んだ進歩的な母なので、わたしが「お母さん、東京へ行ってくるから」と伝えたときも「うん。頑張りなさい」とお送り出してくれました。

母の教えは「社員　10か条」にも

母の姿を見て教えられたことは、自分の頭で考え、判断を下すことの大切さです。

長いものには巻かれろではなく、本質的なところで、正しい、間違っていると判断するので、親戚や地域の人からも相談を受け、みんなから頼られ尊敬される存在でした。

また、信仰心が篤く、ご先祖様をとても大切にしています。

わたしが中学生の時、母が家系図を作りました。今みたいな通信手段のない時代に、四国まで問い合わせをして完成させたのです。

「今日は○○ばあちゃんの月命日だ」「今日は○○の誕生日だ」と、親族、ご先祖様の記念日を大事にしています。

例えば、ご先祖様の供養でも3回忌、多くても33回忌くらいまでが普通だと思うのですが、5～6年前に、ご先祖様の50回忌をまとめてやりました。

北海道でも珍しいことだとお寺の住職さんに言われました。ご先祖のおかげで子孫が長生きして、50回忌ができたのです。

こうした母の教えはわたしだけでなく、甥にも受け継がれ、今年30歳になる甥は、子供のころから、母と一緒に介護をしたり、お墓参りをして墓石の掃除などを当たり前のこととしてやっています。

親孝行やご先祖様を大切にすることが良いしつけになっているなと感じます。

また、母の教えはイマジンネクストの「社員10か条」にもなっています。「嘘をつかない」「元気に挨拶をする」「前向きに生きる」といった教えです。人の良い部分を見る人でもあり、娘3人、それぞれの良いところを見て、わたしたち姉妹を育ててくれました。

ですので、わたしも経営者として、人の良いところを見るように心がけてきました。

わたしは1997年に人材サービス、教育事業を創業しました。それから25年、お客様、社員、スタッフさん、応援して下さる方々、恩師、その他多くの方々に恵まれ、ここまでやって来られました。

大きなトラブルや資金繰りに困ることなく、大過なく、事業を継続してこられたのは、ひとえに皆様のおかげだと思っています。

65歳までには事業承継をしようと考えていたのですが、コロナ禍で計画が想定外に早まり、2021年1月15日をもって、上場企業で人材業界大手のワールドホールディングスにグループインいたしました。

おかげさまで社内に意欲のある後継者がいたので、後進の育成をお願いし、わたしは顧問になりました。

笹川さん（左）と母の幸子さん（右）

ただ、現役を退くのではなく、子会社で教育研修事業を展開するイマジンネクストのオーナー社長は継続します。

また、わたし自身、事業買収に加え、今回、事業売却を経験したので、それらの知見を活かして、今後も人材業界に貢献していきたいと思っています。

〝ライフ・リノベーター〟として自分自身を変革しながら、楽しく働き、関わるコミュニティや人のご縁を大切にして生きていきたいと思っています。

事業以外には、北海道関連、若い起業家やシングルマザーの支援、こども食堂の応援などに関わっていきます。

生まれてきた以上、人様のお役に立ち、社会にお返しをできるよう、努めてまいります。

コージ アトリエ社長兼エグゼクティブデザイナー

渡辺《わたなべ》　弘二《こうじ》

「ファッションショーの当日、
大雪が降ってても動じない母の姿に勇気づけられて」

コージ アトリエ社長
兼エグゼクティブデザイナー
渡辺　弘二

わたなべ・こうじ
1947年3月東京都生まれ。69年慶應義塾大学経済学部卒業後に渡欧。「ロンドン・カレッジ・オブ・ファッション」卒業後、「ラシャース」にて修業。「グラン・ショミエール（パリ・アカデミー）」でデッサンを学ぶ。72年に帰国し、日本でオートクチュール「コージ アトリエ」設立、社長に就任。83年英国王室後援のロイヤルコレクションにて作品を発表、91年英国王室アン王女のスーツをデザイン。王位継承権を持つ英国王室ファミリーの洋服をデザインした初の日本人デザイナー。

明るく、働き者の母

私の母・八重子は1911年（明治44年）4月6日に千葉県安房郡で呉服店を営む家に、兄2人、姉1人、弟1人の5人きょうだいの次女として生まれました。

性格は明るく、商家に生まれたせいか働き者で、お客様をおもてなしすることに喜びを感じる人でした。また、きょうだいの中では最も気が強かったそうです。

千葉県立安房高等女学校（旧・安房南高校、現・安房高校）を卒業した後、長野県で呉服店を営む家に生まれた父・實とお見合いをしました。父は実家の呉服店が倒産した後、東京に出てきて親戚筋の洋服店で修業をし、1930年（昭和5年）に独立して「壹番館洋服店」を開業しました。結婚は、それから間もなくのことです。

母は父から「銀座で開業している」と聞いて、どんなお店が楽しみにしていたそうですが「借家でがっかりした」と話していました（笑）。後にその土地は購入しました。

私は男2人、女3人の末っ子として生まれました。両親ともに家族思いでしたが、教育面では厳しいものがありました。きょうだいは皆、慶應義塾大学の附属校に通い、大学も卒業しましたが、これは特に父が強く望んだことでした。

そのため母も厳しく、例えば私が中学校時代、初めての父兄会で私の成績がよくないと聞かされた母から、ひどく怒られたことを覚えています。ただ、私は末っ子で、未だに兄や姉からは「弘二は可愛がられていた」と言われます（笑）。教育に関しては両親とも厳しかったですが、私たちには、その裏に愛情があることが伝わっていました。

父は大戦中3回出征しています。私は父が復員後に生まれたのですが、戦時中と戦後すぐは父の不在を埋めるために母が奮闘しました。例えば進駐軍の将校の階級を示すワッペンを付ける仕事などをしていたのです。

「人」との出会いに支えられて

我々家族は当時、お店の裏にあるモルタル2階建ての家に住んでいました。現在は壱番館ビルとなっています。2階は工場になっていましたが、私にとっては子どもの頃の遊び場でした。ハサミの音、アイロンの匂いが好きだったことを覚えています。

小学生時代はソフトボール、中学からはラグビー、さらには柔道に打ち込むなど、スポーツに明け暮れていました。最終的に柔道は大学卒業まで続けて、五段まで取得したのです。兄の明治は私より強く、慶應大学柔道部の主将を務めるほどでした。

デザインの仕事は、幼い頃から漠然と意識はしていました。例えば幼稚園の頃にお絵かきで賞をもらって以来、小・中・高と絵を描くことは私にとって自然なことで、ストレス解消になるほどでした。

壱番館は兄が後を継ぎましたが、私が大学3年生の時、進路をどうしようかという際には家族会議が開かれ、父から「弘二は婦人服をやったらどうだ？」と言われました。私が「できるかな？」と言ったら、父は「お前は絵がうまいからできるよ」と言います。父は私が子どもの頃から絵に親しんでいたのを見ていたのです。当時、壱番館ビルの3階を貸していたのですが、そこを私のスペースとして使って仕事をしなさい、ということになりました。

そうして私は大学を卒業した69年にロンドンに渡りました。当時は今と違って海外との距離が様々な意味で遠かったですから、心配をかけたと思います。電話をするのにも、申請をしてから30分ほど待ってからでなければつながらない時代です。修業中に一度、両親がロンドンに遊びに来て、3人で欧州旅行をしたことは楽しい思い出です。当時母が私に書いた手紙が残っていますが、いま読むと涙が出てきます。

テーラーの本場であるロンドン、そしてファッションの本場であるパリで修業した後、

72年に帰国してコージ アトリエを立ち上げたのです。

私の仕事に関連して母が喜んでくれたのが、NHKで放映されていた『婦人百科』への出演です。最初はスラックスの作り方を週1回、計4回紹介しました。当時は父も出演したことがありませんでしたから「うらやましいな」と言っていました（笑）。

私自身も、NHKに仕事が認めてもらえたわけですから、嬉しかったですね。お客様からの信用にもつながりました。

そして私が事業に自信を持つことができたのは、83年に英国王室が後援するロイヤルコレクションで作品を発表したことです。85年には英国王室のアン王女の装いをデザインし、ヴァッキンガム宮殿で仮縫いを行ってお納めしました。アン王女はデザイナーにリスペクトがある方で、デザインに関する対話をさせていただくこともできました。88年には東京スタイルと契約、以降約30年に渡って関係が続いたことも事業の成長、安定につながりました。その意味で、大事なのは「人」との出会いだとつくづく感じます。

母は壱番館でもそうでしたが、私が48年間、年に2回続けたファッションショーでは毎回、お弁当をつくってくれました。お弁当といっても社員、モデルさん、ショーの運営スタッフの皆さんなど30人分ですから相当な量です。大変だったとは思いますが評判がよく、モデルさんなどは母のお弁当を楽しみにしている人が多かったのです。

ファッションショーの当日、大雪が降ったこともありました。当時の日本の観測史上でも屈指の大雪で、朝起きたら一面真っ白だったのです。こんな状態ではショーにお客様が来てくださるかどうかわかりません。

しかし、母のところに行くと、いつものようにおにぎりを握っています。全く動じもせずに「こういうこともあるよ」と一言。戦争を経験し、父が帰ってくるかわからない状況の中で5人の子ども達を育て上げた母ですから、肚の据わり方が違いました。

常に母は「自分には何ができるか？」を考えていたのだと思います。父が亡くなった後、バブル崩壊で世の中の景気がおかしくなり、我々の事業にも悪影響が及びましたが、母はいつも気丈でした。私には2人の子どもがいますが「2人が学校を卒業するまでは心配しないで」と励まされるほどでした（笑）。

父から学んだのは堅実な経営です。父は手形を一切出さずに常に現金商売に徹していました。また、「保証人にはなるな」と言っていました。父方の祖父が連帯保証人になってしまい、それが実家の呉服店の倒産につながってしまったことが原点にあります。そして何よりも「お客様を大事にしなさい」ということは常に言っていました。

父は明治生まれの人間で、家では「家長」という感じで振る舞っていました。しかし、お店に出るとお客様に対しては本当に腰が低く、丁寧に接していましたから、商売とはこういうものだということが、肌で感じることができたのかもしれません。

若い人たちに自分の経験を伝えていく

母は11年に100歳で亡くなりました。1人暮らしをしていましたが晩年、私は週3回、泊まりに行っていました。別の部屋で寝ていたのですが、母は朝4時、5時、6時と3回、「弘ちゃん、いま何時？」と私を呼ぶのです。

朝早く起こされるので大変でしたが、私も今、感じるのは歳をとると、誰かが近くにいることで安心するということです。母は時間が知りたいというよりは、私の存在を確認したかったのだと思います。母の最期の時間を一緒に過ごすことができましたから悔いはありません。

私は経営をする上で、お客様、社員、関連会社の皆さん、家族という4つを大切にしてきました。経営者が私欲を出しては人は付いてきません、この4つを大切にすることで、結果として事業の成長につながるのだと考えています。今、長女の陽子が後継者として頑張ってくれていますが、このことは大事にして欲しいと思います。

また今、千葉県立佐倉東高校でデザイン、デッサンを教えていますが、私自身にとっても気づき、癒しの時間となっています。若い人たちに自分の経験を少しでも伝えていくことが、私のこれからの仕事ではないかと考えています。

家族写真。前列左から父・實さん、渡辺さん、母・八重子さん

最後に、この度の新型コロナウイルス感染により、多くの業界で停滞を避けられない日々が続いております。しかし、私はこのような時だからこそ、ファッションとは生活に彩りを与え、ご自身そして周囲の方々にも元気を与えるものでありたいと心より願っております。

東京都市大学学長

三木《みき》　千壽《ちとし》

「何事も自分で決めなさいというスタンスだった母。その母のお陰で今の自分があります」

東京都市大学学長
三木　千壽

みき・ちとし

1947年徳島県生まれ。70年東京工業大学工学部土木工学科卒業、72年同大学院理工学研究科土木工学専攻博士課程退学。東京工業大学助手、79年工学博士(東京工業大学)。80年東京大学助教授、90年東京工業大学工学部教授、2003年同大学工学部長・同大学院理工学研究科長、2005年同副学長、12年東京都市大学総合研究所特任教授、13年同副学長、14年同国際センター長。15年1月より学長。

引っ越しの多かった幼少期

自分のこれまでの歩みを振り返ってみると、特段、意識していたわけではないのですが、母・喜久美の存在や言葉が、わたしの決断に影響を与えていたのだなと感じます。

母は徳島県・鳴門市土佐泊の出身。鳴門公園がある島で生まれ育ちました。7人きょうだいの末っ子。末っ子の女の子ですから両親からは大層可愛がられていたそうです。県立撫養高等女学校を卒業しています。

一方の父・久壽も徳島市の沖浜出身で、5人きょうだいの長男。そんな2人はお見合いを経て1944年に結婚。長男であるわたしは47年1月生まれですから、そのときの母の年齢は20歳でした。女学校卒業後、すぐに父と結ばれましたので、母がよく「何も外の世界を知らずにお父さんと結婚したのよ」と言っていたことを覚えています。

父は大学を卒業した後、海軍の技術将校になりました。本人は母と結婚したときは、中尉だったと言っていました。ところが戦後、公職追放で失職。徳島の実家に戻り、徳島県庁の雇い員になったそうです。

そんな立場だったこともあり、わたしが生まれてからも県内5カ所くらいの県の事務所を転々とする生活を送っていました。その後、わたしが幼稚園に通っていたときに、県の雇い員から農林省（現農林水産省）に入省しています。大学を卒業していたのが大きかったのかもしれません。

父は農業土木の技師です。農地用のダムや頭首工（川をせき止めて、農業用水を用水路に取り入れる施設）の建設をはじめ、灌漑土木などを担当していました。わたしが覚えているエピソードとしては、59年に紀伊半島から東海地方を中心にわたって甚大な被害をもたらした伊勢湾台風襲来の話です。父がその災害復旧の担当班長となって陣頭指揮をとったようで、1カ月ほど家に戻りませんでした。

他にも父の自慢はオランダ式の堤防を導入したこと。その頃、愛知県の尾張丘陵部から知多半島にかけての一帯に農業用、工業用、上水道用の水を供給する愛知用水が完成したのですが、それにも関係していたようです。

農林省に入っても父の転勤は相変わらず多く、入省するとすぐに山口県庁に出向することになりました。小学4年生の夏休みまでは山口に住んでいたのですが、その後は東京の練馬に引っ越し。その東京生活も中学2年で終わり、中学3年のときに広島に転居しました。

父の転勤に伴って2～4年ごとに次々と住む場所が変わるわけですから、例えば、わたしの進学先を巡っても悩ましい面がありました。小学校の先生から中学受験を薦められたのですが、私立学校に進学したとしても父の転勤で通えなくなってしまうかもしれない。国立ならいいよ、といったようなこともありました。高校受験では広島大学附属高等学校に合格することができました。

しかし、高校1年の途中で父は東京に転勤になり、わたしは広島に1人で残るか、東京の高校の編入試験を受けるかの決断を迫られました。家族は一緒がいいということで、都立大泉高校に転校しましたが、その編入試験がわたしの人生での最難関でした。

怒られた記憶はほとんどない

もちろん、母も転勤する度に近所付き合いなどで苦労を重ねたのではないかと思います。しかも、母は他の母親よりも特段若かったので、学校のPTAの会合などには必ず顔を出し、雑用などを引き受けていました。ただ、そのことを悩んだり、愚痴をこぼすようなことは一度もありませんでした。

とにかく母は優しい人で、声を荒げて怒ったり、「勉強しなさい」と指導することはほとんどありませんでした。挨拶や目上の人に対する言葉遣いといった躾に関することで注意を受けたりしたことは何回かありましたが、こっぴどく母に怒られたという記憶はありません。

毎回、知らない土地へ引っ越していたために、前の土地の方言がとれず、行く先々の学校でいじめを受けるようなこともありましたが、わたしも負けん気が強いので、相手と取っ組み合いをすることはよくありました。

そんなわたしがケガをして帰ってきても、母は「またケンカしたの?」と言うくらいで、わたしを咎めるようなことはしませんでした。母のスタンスは「何事も自分で決めなさい」というスタンス。それに対して反対することは全くなかったのです。

それを象徴するような出来事があります。わたしたちは東京をベースにした転勤を繰り返していたときでも、毎年夏休みになると、祖父母がいる父の徳島の実家に遊びに行っていました。

そして今では考えられないかもしれませんが、わたしたちが小学5年生のときの夏休みのことです。毎年のように徳島へ帰郷することになったのですが、ふとわたしが「妹と2人で行ってきたい」と母に提案すると、何と母は「行ってらっしゃい」と了承。父が切符を買ってきてくれて、妹と2人で急行「瀬戸」に乗って徳島に帰りました。

わたし自身、汽車が好きだったので嬉しかったですし、特に不安もありませんでした。夜行列車でしたから、東京から乗り込んで寝てしまえば翌朝には岡山の宇野。そこから宇高連絡船に乗って高松まで行き、そこから再び汽車に揺られて徳島に着く。

そんな母の趣味と言えば生け花。ご近所との付き合いが上手ということもあって友人も多く、その付き合いの中で花の面白さを知ったようです。その趣味が高じて東京に住んでいた頃には母の知人が、いけばなの大家である華道家元・池坊の先生に紹介状を書いて下さり、母が直接習いに行ったこともありました。お陰で家には母のお弟子さんが通ってくるようになりました。

また、母は裁縫も得意で、わたしや妹の洋服は手づくりでした。特に覚えているのはセーター。古くなって縮んでくると、母が糸をほぐして編み直してくれるのです。父が公務員とはいえ、家が裕福なわけではなかったのでしょう。母には節約家という一面もありました。

母の故郷で橋梁と出会う

とにかくわたしの決めたことを尊重してくれた母。わたしが〝橋〟というものに興味を抱いたきっかけも、母が鳴門の出身という巡り合わせがあったのかもしれません。前述した通り、母は鳴門市の島で生まれ、実家の周りには桃や梨、みかんがなる山があったのですが、夏休みになると山に登って橋の工事を見るのが楽しみだったのです。

この橋が今の小鳴門橋。わたしが小学校4年生の頃にできました。当時は本州四国連絡橋で神戸・鳴門ルート、児島・坂出ルート、尾道・今治ルートがどこから架けるかで競っているときで、徳島県の熱意を示すかのように架けられたのが小鳴門橋でした。小鳴門橋につながるトンネルが母の実家の山にできたときは、とても興奮したことを覚えています。

61年に橋が開通すると、島の人たちの生活は劇的に変わりました。これまでは小さなフェリーや手漕ぎの船で海を渡っていた生活が格段に便利になったのです。まさに橋を架けることは島の人々からすると悲願だったのです。しかしその反面、山の桃や梨やスイカなどが泥棒に取られてしまうという被害も出てきました。幼心に橋が人々の生活を変えることを実感しました。

そしてわたしが構造工学や橋梁工学を専門とする学者の道を歩もうと決めたのですが、それに関しても母は「自分で決めなさい」という一言だけ。父には「大変だよ」と反対されたりもしましたが（笑）。また、32歳のときに失職しかかって初めて挫折を味わったのですが、母は「大丈夫なの？」と優しい言葉をかけてくれました。その後、２０１５年にわたしが東京都市大学の学長に就任したときはとても喜んでくれました。徳島新聞に出たことにより、親戚から連絡をもらったと喜んでいました。

父は2年前、99歳で他界してしまいましたが、母は今も至って元気。今年で94歳になりますが、ピンピンしています。いつも穏やかで優しい母。好きな道を歩むというわたしの決断をいつも尊重してくれたからこそ、今のわたしがあると思います。

米寿を迎えた母・喜久美さん（右）を祝う父・久壽さんと三木さんの長女・千恵さん

ミキハウス社長

木村《きむら》　皓一《こういち》

「母の口癖は『不言実行』。言い訳せずに行動しろという教えは今も活きています」

ミキハウス社長
木村　皓一

きむら・こういち
1945年滋賀県生まれ。関西大学経済学部を中退し、野村證券入社。父が経営する婦人服メーカーを経て、71年に26歳で子供服の製造・卸会社を創業。一代で世界に通用する高級ベビー・子供服ブランド『ミキハウス』をつくりあげた。

母の口癖は3つ

わたしは1945年（昭和20年）2月23日、滋賀県彦根市で生まれました。母の名は美喜子。愛知県名古屋市の生まれで、地元の椙山女学園大学に進み、英文学が好きだったと聞いています。母ははっきりした性格で、今はこういう言い方したら怒られるかもしれませんが、男っぽい性格でした。

わたしが小さい頃に言われたことは、だいたい3つです。

母は「不言実行」とか「男のくせに」というのが口癖で、男なら黙って実行しろと。だから、われわれ子供たちが言い訳などしようものなら許してくれませんでした。

ただし、実行しても失敗するのは構わない。何事も行動に移さないと分からないことだらけですので、行動して失敗するのはいいんだよと。でも、同じ失敗を2度続けるのはいけない。「1回失敗したらきちんと学べ」ということで、2回する奴はアホやとよく言っていました。

父・庄太郎は大正7年生まれ。滋賀大学を卒業して、繊維商社に就職しました。いいものを安く大量につくってアメリカに輸出する仕事です。2歳下の母とは彦根でお見合いし、結婚しました。父が貿易の仕事をしているため、英語が話せる人がいいということで、母とお見合いをしたようです。

夫婦仲は良かったです。父はとにかく人が良くて、他の人から何か頼まれたら献身的に面倒を見てあげるような人。そんな両親を見て育ったせいか、われわれ子供たちはいずれも離婚せず、平和に過ごしています。

父は地元の大学を出ているから、友達も地元の人間が多い。でも、母の友達は皆いいところに嫁いでいるようなイメージがありました。遊びに来る時のお土産にチョコレートを持ってきてくれたりして、レベルが高かった印象があります。

父にしてみれば、自分の青春時代は戦争中です。戦時中のことはあまり聞かされませんでしたが、母から聞いたところ、父は三男坊だったけど、周りは皆戦争に行っているから大変だったようです。両親をはじめ、兄貴の嫁さんや家族皆の面倒を見ないといけないので相当苦労したと思います。

戦争に行ったわけではありませんが、父は一番多感な時代に苦労したということで、かわいそうだと思います。

自分の決めたことは最後までやり通せ！

基本的に、母はわたしたちに自分たちがやりたいことをやらせてくれました。

実は、わたしは3歳でポリオ（小児麻痺）にかかり、小学生の時は車椅子生活を余儀なくされました。右足がずっと悪くて歩けなかったので、母はこれ以上わたしに苦労させたくないと考えて、将来は司法試験でも通らせて安定した生活を送れるようにと。体を鍛えることはおそらく難しいだろうから、わたしに勉強させて、何か特殊な国家資格でも取得してほしかったようです。

ところが、わたしは自分の足で立てるようになって、普通に生活できればそれでいいと思っていた。だから、勉強することよりも、麻痺した右足にまず筋肉をつけようと考え、毎朝3時に起き、新聞配達を始めました。

この時も、わたしが自分で言いだしたことですから、母は「絶対に投げ出さず、3年間はちゃんとやらなあかんで。みんなに迷惑がかかるんやから」と言って応援してくれました。

母はどんなに夜遅くまで起きていても、暑い日も、寒い日も毎朝3時にわたしを起こしてくれました。そこから新聞配達所に行くのですが、わたしは片足が動かないので、いつもケンケンで1時間くらいかけて配達所まで行く。そこから、3時間くらい新聞配達をして、また1時間ほどかけて歩いて、家に戻ってくるのが8時半くらい。学生服に着替えて学校に着く頃にはすでに9時半とか10時です。

でも、わたしは担任の先生に新聞配達をしていることは伝えていませんでした。だから、先生はよく「木村は遅刻が多いな」と言っていましたし、母はいつも学校にやってきて、先生方に頭を下げてくれました。

母にしてみれば、わたしが悪いことをして遅刻しているわけではないから、それに関しては理解してくれましたが、わたしは疲れて、授業中はずっと居眠りしている。だから、成績もずっと悪かった。父も母もあの時代にきちんと大学を卒業しているのに、その子供の成績が悪いのですから、両親は内心すごく嫌だったと思います。

わたしは中学の3年間、何とか新聞配達をやり遂げました。その結果、わたしは無事に歩けるようになり、高校、大学を経て、26歳で独立することになります。

父は繊維の本場である大阪・本町で繊維の製造卸を営んでいましたので、当然、父は長男であるわたしが仕事を継いでくれるものだと思っていました。ところが、わたしは自分で考えた道を進んでみたかった。この時も母は「父は父、あんたはあんた」と言って、わたしのやりたいようにやらせてくれました。

男子寮の食事係を引き受けてくれた

母は102歳まで長生きしました。父は55歳で若くして亡くなったので、残りの50年くらいはずっと一人でした。だから、母はさみしかったでしょうね。

でも、当社には男子寮があり、母は90代の後半まで一人で社員たちの食事の世話をしていました。朝と昼は自宅で済まして、夜は若い子と一緒に食べて、おしゃべりして帰ってくる。一人でいるより楽しかっただろうし、父のいないさみしさをそれで紛らわせていたのかもしれません。

母はわたしの家の向かいに一人で住んでいて、男子寮からは1キロくらい離れている。だから毎日、寮まで一人で歩いていって、料理をつくって自宅に戻って、また洗い物をしに寮に戻っていく。それを繰り返して1日3往復していました。

母は大学を卒業するまで名古屋に住んでいたので、言葉は名古屋弁。われわれのように関西弁は全然つかいません。寮にいる時には名古屋弁で普通に会話していましたし、英語ができる人には昔を思い出して英語で会話していました。

やはり、いくら歳をとっても女なんでしょうね。若い男性が住んでいるから、毎日、お化粧をして寮に出かけていくのを楽しんでいました。寮には10人ぐらい住んでいるのですが、10人分の食事を毎日つくるのですから、それなりに大変だったはずです。それでも若い子たちと会話できるのが楽しいのか、大変そうな素振りは見せませんでした。

母は好き嫌いのはっきりした性格でしたが、よく人柄を観察し、個人個人のいいところを見てあげていました。人間誰しも１００％いい人などいません。ですから、その人のいいところをちゃんと拾い上げたらいいわけで、悪い部分とは付き合わなければいい。自分とは合わないと思ったら、母ははっきり区別する。そんな性格でしたし、その性格はわたしにも確実に受け継がれています。

わたしが話を聞くと、よく母は「あの子はちゃんと礼儀正しいし、ええねん」とか、「あの子は勝手に冷蔵庫の卵を食べたりするからあかん」とか言っていました。お気に入りの社員には余分に食べ物を置いておくとか、贔屓していましたね。

でも、たまに母がさみしそうにしている時もある。どうしたのか聞いてみると、社員が結婚して寮を出ていくというので、そういう時は結婚してくれた嬉しさと個人的なさみしさが入り混じった複雑な表情でした。

それでもたまに寮を出ていった社員から「おばあちゃん、あの時はありがとう。元気してるの？」なんて手紙をもらったりすると、嬉しそうにわたしに話をしてきて、熱心に返事を書いたりしていました。

近所のレストランにて。100歳を超えても元気だったお母さんと共に

おそらくこれが母なりの健康法であり、生き甲斐だったのだと思います。多分、女子寮だったら母は長続きしなかったでしょう。好き嫌いがはっきりしている性格ですから、女子寮だったらトラブルばかりでストレスを抱えていたと思います（笑）。

様々なことがあったり、起きたりする中で人生を楽しむ。最期まで母は母なりに人生を楽しんでいました。そんな母には感謝しかありません。この場を借りて、「ありがとう」と言いたいと思います。

元内閣官房副長官

古川《ふるかわ》　貞二郎《ていじろう》

「人を喜ばせる感動を教えてくれた母。母のポジティブ思考は、困難を乗り越える原動力にもなっています」

元内閣官房副長官
古川　貞二郎

ふるかわ・ていじろう
1934年9月佐賀県生まれ。58年3月九州大学法学部卒業後、同年4月長崎県庁入庁、60年1月厚生省入省。74年内閣参事官、85年同省大臣官房審議官、86年首席内閣参事官、89年厚生省児童家庭局長、90年厚生大臣官房長、92年厚生省保険局長、93年厚生事務次官、94年厚生省退官。95年2月内閣官房副長官、2003年9月退任。現在、恩賜財団母子愛育会会長、日本AED財団会長などを務めている。

ぜんもんさんに届けたおにぎり

１８９３年（明治26年）佐賀県の山村で生まれた母・ヨネは当時義務教育の小学校４年まで、１８９０年（明治23年）佐賀の農家生まれの父・喜一は高等小学校までの８年間しか学校に通っていません。でも、私はそのことに引け目を感じたことはありません。両親は、日々の生活の中で、口ではなく、体に染み込む形で色々なことを教えてくれました。私は両親のそうした後姿を見て育ちました。

特に母の教えは、今でも映像を見るように鮮明に思い出すことができます。

３歳か４歳の頃、近所に目の見えない、今でいう認知症気味のおトラさんというおばあさんがいて、よく寝間着姿でひょこひょこと道に出てきていました。悪童がからかって石を投げたり、いたずらをするので、わたしはおトラさんの手を引いて家に連れて帰っていました。

ある日、おトラさんが母に「みんなは私をいじめるけれど、貞二郎さんばかりは私の手を引いてうちに連れて帰ってくれる」と泣きながら伝えたようで、母が「貞ちゃん、おまえはよかことしたね」と言って褒めてくれました。よほどうれしかったのか、よく覚えています。

厳しいけれど優しい母で、困っている人を見ると何かとよく手を差しのべていました。家の近くに赤天神と呼ばれる天満宮があって、そこにタロウという男の子を連れた若い母親が一夜の宿をとろうとしているのを畑仕事から帰る母が見つけ、急いで家に帰っておにぎりを握り「タロウちゃんにこれを届けて」と私に言いつけました。

私は妹と一緒に天神さんのお堂のところに行き、「はい、おにぎり」と叫んでお堂の端に置くと、夕暮れ時で少し怖かったものか、妹の手を引いて一目散に家に帰りました。

後で聞いたところ、その母親は出産後、精神に異常をきたして婚家から出されてしまい、行くところもなく子どもを連れて村から村へと渡り歩いていたそうです。昭和10年代のことですが、日本全体がとても貧しい時代でした。

当時、浮浪者は〝ぜんもん〟と呼ばれていたのですが、ぜんもんさんがたくさんいて家々の前に立ちお米などを恵んでもらい、やっと生きていたのです。

ぜんもんさんが家の前にじっと立っていると、お米のある家は山盛りに、普通の家は普通盛りに、少ない家は少ししか出さないか、立ち去るのをじっと待つ。そういう風習があったように記憶しています。

ある日のこと、妹と留守番中、ぜんもんさんが来たので、私はお米を山盛りにして胸に提げたずた袋に入れてあげました。

それを見ていた家の前の豆腐屋のおばさんから「そんなやらんでよか」と叱られました。ぜんもんさんは、具合が悪そうにそそくさと帰って行ったのですが、私は何だか悪いことをしたような気がして、母がお昼に帰ってきたとき、ぜんもんさんにお米をたくさんあげて叱られたことをおずおずと報告しました。ところが、母は怒るどころか「よかよか。ぜんもんさんは喜んだろうね」と言ってくれました。

おそらく母は、気の毒な人や困っている人に手を差しのべなさいということを教えてくれたのだと思います。

私が子どもの頃はまだ農薬も散布されておらず、川魚獲りが楽しみの1つでした。川魚を獲って帰りますと、母はとても喜んでくれました。当時は、川魚も貴重な蛋白源でした。

しばらく水に入れ泥抜きをして、生姜やゴボウを入れて臭みを取り、母が煮てくれた魚のおいしいこと。父も母も姉も妹もみな「うまか、うまか」と喜んで食べてくれました。

ところが私の箸は動かない。母が「貞ちゃん、おいしかよ。あんたも、はよ食べんね」

と言うのですが、私は食べられない。私が獲ってきた魚をみんなが喜んで食べている。「人を喜ばせるということは、こんなにも嬉しいことなのか」と胸が一杯で箸が動かなかったのです。

時代背景もありますが、獲ってきた魚を「捨てなさい」ではなく、子どもの気持ちを大事にして受け止めてくれる母でした。

良いことをすれば人に喜んでもらえる。その感動を、体いっぱいに受けとめて幼少期を過ごしてきました。

子どもが少しでも「良いことをした」と思っているとき、母は「ありがとうね」と言ったり、一緒に喜んでくれました。それが、子ども心にものすごく嬉しい記憶として残っています。

幼少期時代を振り返っても、叱るより褒める、子どものやっていることを評価してあげることが、子どもにとって何よりも大切なのではないかと感じます。

自転車を盗まれたとき、母の一言に救われて……

中学生頃になると「人の嫌がることは進んでやらんばいかんよ」とか「自分が恥ずかし

いと思うことはしちゃいかんよ」という母の言葉を覚えています。

その言葉通り、村祭りのときは川から砂を運んできてお地蔵さんの前をきれいにしたり、率先してやっていました。

また中学3年生の秋、夕飯の準備でかまどの前に座ってごはんを炊いていたところ、畑から帰ってきた母がふと隣りに座り「貞ちゃん、おなごば泣かすのが、この世で一番悪かよ」と話しかけてきました。

なぜ、そんなことを言ったのか今でも真意はわかりませんが、若いとき、婚家先に裏切られて苦労した母なので、思春期になった息子に話しておこうと思ったのかもしれません。このひと言が私の生涯を支配したと言っても過言ではなく、母のひと言はとても重いものでした。

そして、最大の教訓と言えるのが、高校時代のできごとです。

中学生の頃から白菜、ネギなどの野菜を自転車に連結したリヤカーに積んで7キロ離れた市場に運び、急いで家に帰り、朝ごはんを食べ、自転車に飛び乗り学校へ行くのが日常でした。

学校へ行く途中、代金を市場の窓口でもらうのですが、あるとき、ほんの5分の間に弁当と教科書ごと自転車を盗られてしまいました。

当時、自転車は高級品です。しかもなかなか手に入るものではありませんでした。大切な自転車を盗まれ、がっくりきて、夕方、家に帰ると、そのまま2階の部屋に行き、布団をかぶって寝ていました。

夕方になり、父や母、姉、妹が帰ってきて「自転車がない」「貞二郎もまだ帰っていない」「事故に遭ったのではないか」と心配している様子が伝わってきました。これ以上2階にいてはいかんと思い、しょんぼりしながら下に降りて「自転車を盗られた」と言うと、家族一同、一瞬絶句し、シーンとなりました。私も申し訳なくてうなだれていると、母が真っ先に「よかよか。自転車を盗られたぐらいで。ケガせんでよかった」と。よいわけはありませんが、母はそう言ってくれました。

私は、そのときのひと言が忘れられません。母はケガをしたときは「これくらいのケガで済んでよかった」と常にプラス思考。その言葉を聞くと、大丈夫だと思えて、私自身も救われるところがありました。

母のプラス思考は社会に出てからも大切な教えとして生きています。わたしが官房副長官になり、いろいろなことがあったときも「この程度で済んでよかった」とプラス思考で次の仕事に邁進することができたのです。

また、受験勉強などで眠れない日が続き、母に「なかなか眠れない」と言ったときも「貞ちゃん、無理に眠ろうと思わんでもよかよ。じぃっと目をつぶっておけば体が休まるからね」と言ってくれました。

「明日、大事な仕事があるから、眠らなきゃいかん、眠らなきゃいかん」と思うと、ますます目が冴えて眠れなくなる。そんなとき、母のこの言葉を思い出すと、知らぬ間に眠っています。

母・ヨネさんは40歳のとき、古川氏を出産した

今回、この取材を受けるにあたり、母の記憶をたどると、改めて母は色々なことを教えてくれていたと気付かされます。

言葉で教えられたわけではなく、生活の中で自然と、生きる上で大切なことを教えてくれました。私の今日は母の教えに負うところが多分にあり、心から感謝しています。

スガシタパートナーズ社長

菅下《すがした》　清廣《きよひろ》

「『心意気をよくしなさい』という母の言葉を胸に、裏表のない人間になろうと努めてきました」

スガシタパートナーズ社長
菅下　清廣

すがした・きよひろ

１９４６年和歌山県生まれ。69年立命館大学経済学部卒業後、大和証券に入社。メリルリンチ、キダー・ピーボディなどの外資系金融機関で要職を務め、89年ラザードジャパンアセットマネジメント代表取締役に就任。２００９年スガシタパートナーズ設立、同年立命館アジア太平洋大学学長顧問に就任。現在、学校法人立命館顧問、近畿大学世界経済研究所客員教授などを務める。

2人の祖父から影響を受けて…

私の母・喜代子は旧姓を中村といいます。奈良育英女学校（現・奈良育英学園）を卒業しています。

私の名前・清廣は母が家の近くにあった歴史のあるお寺の住職に姓名判断をしてもらって決めた名前だと聞きました。後年、自分で調べたところ、非常に縁起のいい名前で「富裕」を表す姓名だそうです。今の職業に向いている名前ですから、母に感謝しています。

母の実家・中村家は、奈良市で100年以上続く「道馬軒写真館」を経営しています。母方の祖父である中村朝太郎は道馬軒の2代目で、奈良では名のある人でした。当時、奈良には軍の駐屯地があり、軍人が出征する際には必ず道馬軒で写真を撮っていたそうです。

父・清治は陸軍に所属し、後に中尉にまで昇進しますが、若手の頃に道馬軒で写真を撮り、この時に母と出会って、後に結婚に至ったようです。

菅下家は和歌山県海南市で魚市場を運営していた他、旅館や映画館を経営していました。元々網元で、いわば魚屋の「元締め」から成長したと記憶しています。両親は結婚して海南市に住み、1946年（昭和21年）に私が生まれました。

結婚した時には奈良の写真館のお嬢さんである母が、ものすごい荷物を持って嫁入りした写真が残っています。父も地元の有力家の出ですから、結婚式には力を入れたのでしょうね。

私は小学5年生まで海南市で過ごしました。父方の祖父は、いわば「清水次郎長」のような人で、私の人格形成に大きな影響を及ぼしています。

当時は紙芝居が流行っていて、近所の友達とよく見に行っていました。紙芝居のおじさんから「触れ回ったら、タダで見せてあげるよ」と言われて触れ回っていたら、祖父が現れて「菅下家の長男がはしたないことをするな！」と非常に怒られました。

また、強く印象に残っているのが、私が4、5歳の頃、夜中にトイレに行きたくなった時のことです。戻ってきたら祖父と会ったのですが「何をしていたんだ？」と聞かれました。「トイレに行っていました」と答えると「空に星や月は出ていたか？」と言います。「見ていません」と答えると「ばかもん！」と怒鳴られました。魚市場を営む家に生まれたからには、星や月の動きを見て、明日の天気のことを考えなければダメだというのです。

私は少年時代、体が大きくてケンカも相撲も強く、特にケンカは「勝つまで帰ってくるな」というのが祖父の教えでした。また将棋も強かったのですが、これも坂田三吉が大好きな祖父の影響です。

魚市場も「相場」の世界に近い仕事です。戦後、食料が不足していた時に魚の価格が高騰したことがありました。そこで祖父はその高値で魚を買い集め、路上で安い価格で、損を覚悟で叩き売ったそうです。困った人がいると助ける義侠心のある人だったのです。

母方の祖父も侠客的な、迫力のある人でした。また商売上手で、写真館の経営を軌道に乗せました。その意味で、私は両方の祖父の気質を受け継いだと感じています。

母は、子どもの私から見ても心の綺麗な人で、人の悪口は一切言いませんでした。私のことは「清廣くん」と呼び、小さい頃から「心意気をよくしなさい」といつも言われていました。

心意気をよくするというのはどういうことなんだろう?と子ども心に思っていましたが、成人するに従って少しずつわかってきました。

それは真摯な態度、人に対して誠実に対応する、約束したことは実行する、嘘は言わない、人の批判や悪口を言わない、裏表のない人間として生きて欲しいという意味だと考え、そういう人間になろうと努めてきました。

また、仕事をするにあたっても、儲けは主ではなく、相手に喜んでもらうことをしなさいというのも、「心意気をよくしなさい」という母の教えです。

私は若手起業家を応援していますが、成長している企業の経営者はやはり「心意気」がいいんです。人によってはお会いした瞬間や話した瞬間に「利」を求めていることがわかりますが、そういう人の成功は難しい。

家業が倒産し夜逃げ同然に奈良へ

父は祖父と違って非常に生真面目な性格でした。旧制海南中学から東京の芝浦工業大学に進みました。さらに、横浜経済専門学校（現・横浜国立大学）でドイツ語を学ぶなど向学心の強い人でした。ただ、勉強はできましたが魚市場にはなじまなかったようで、商売には向いておらず、家業は私が小学5年生の時に倒産してしまいました。

そうなると家には借金取りが一斉にやってきます。そこで夜逃げ同然で母の実家である奈良市に引っ越しをしたのです。成功をして帰ったらみんな歓迎してくれたでしょうが、失敗して帰ったら冷たいものです。母は非常に苦労をしたと思います。

大きかった家から、両親と私、弟の4人でボロボロの賃貸アパートに引っ越しをしたわけですが、母は私達の前で一言も父を非難することはありませんでした。いつも「お父さんが頑張ってくれています。だから、あなたも頑張って勉強しなさい」と言っていたのです。

また、母は私に「へその緒の切れどころが違う」と言っていました。あなたはきちんとした家に生まれているのだから、今は貧乏で苦しいかもしれないけれど、頑張っていれば必ずいい時が来る。その時のために「心意気をよくしなさい」と。

父は家業を倒産させてしまいましたが、奈良で見つけた仕事で非常に頑張っていました。子どもの時はわかりませんでしたが、大人になって両親のすごさがわかりました。

貧乏に負けない！　ミカン箱で勉強に励む

和歌山から奈良に引っ越して感じたのは、学校のレベルの高さでした。家は貧乏になってしまいましたが、学校の成績は絶対に負けないようにしようと心に決めました。

中学校の入学式の時、制服は近所の人からお古をいただきましたが、帽子のサイズが頭に合わなかったので、帽子なしで出席しました。また、家には机がないのでミカン箱で必死に勉強をしていました。

中学1年の最初のテストは、クラス50人中16番という成績でしたが、2学期、3学期には1番になることができたのです。

3学期の父兄会の時、母が学校に来たのですが、担任の先生がみんなの前で「『少年よ、大志を抱け』という言葉がありますが、菅下君がまさにそのタイプです。日々努力をして成績で1番になりました」と話をしてくれました。母はこの言葉に、後々まで「家は貧乏で何もなかったけれど、あなたが頑張ったことは、本当に家の宝だよ」と喜んでいました。

1年生、2年生と学年の代表を務め、3年生の時には生徒会長を務め、卒業式では卒業生を代表して、答辞を読みました。

高校は当時、県下一の進学校、県立奈良高校に進学することができました。私の通った春日中学からは毎年10名程度しか入れない狭き門ですから、嬉しかったことを覚えています。

成績優秀な人間は京都大学や大阪大学に入るような高校ですが、私は高校に入ってから勉強よりも文学に興味を抱くようになり、小説を読みふけるようになりました。作家になろうかと思ったこともあったくらいです。この時大量の本を読んだことは今、コラムを書くのにはプラスになっていますが、受験勉強にはマイナスでした（笑）。大学は奨学金を受けて立命館大学経済学部に入りました。末川博という名総長の「未来を信じ、未来に生きる」という卒業証書を、今でも大事に自分のオフィスに飾っています。

いま振り返っても、私が今でもチャレンジ精神を持って活動できているのは、小学校5

両親、親族の集合写真。前列左から２番目が父・清治さん、５番目が父方の祖父・菅下清治郎さん、６番目が母方の祖父・中村朝太郎さん

菅下さんの母・喜代子さん

年生から貧乏時代を経験したからだと思っています。相場と同じで、人生にも天井と底があります。大事なのは底の時にどう我慢し、前向きに対応するかです。

かつて、将棋の米長邦雄名人と対談したことがあります。将棋のプロは天才同士が戦う世界ですが、勝負は何で決まるんですか？　と聞いたところ、「運がある方が勝つ」と言っておられました。

そしてもう一つ、負けた時の姿勢が大事だとも言っておられました。負けたら、クヨクヨせず、サッと気分転換できなければダメだと。

まさに母が教えてくれた「心意気」をよくして、勝ちの時に有頂天にならず、負けの時に悲観的にならないことが重要だと思って生きてきました。相場も底の時がチャンスですから。

アイビーシー社長

加藤《かとう》　裕之《ひろゆき》

「何事にも大らかな母に支えられ、自分の道を貫くことの大事さを学んだ」

アイビーシー社長
加藤　裕之

かとう・ひろゆき
1967年3月茨城県生まれ。東洋大学工学部卒業後、ダイニック入社。92年アライドテレシス入社、97年営業部長、2001年ベンチャー企業取締役を経て、02年IBC設立、社長に就任。15年9月東証マザーズに上場、16年東証1部に上場。

大らかで、小さいことは気にしない母

私の母・裕子は1944年（昭和19年）9月に東京で生まれました。性格はかなり真面目で、真面目を絵に描いたような人ですが、大らかで小さなことは気にしないタイプです。母はいつも私に「小さいことは気にしないでいいよ」と言ってくれました。何か失敗をしても、今は駄目でも次にチャンスがあると。そして「あなたは大器晩成だから」とよく言っていました（笑）。

母方の祖父は日立市役所に勤める公務員でした。元々は絵画や書に優れた人で芸術家肌の人です。おそらく東京で芸術関係の仕事に就きたかったのだと思いますが、兄3人が戦争で亡くなったことから、実家に戻ったのだと思います。

また祖母は山形県出身で女学校まで出た後に東京に出てきました。祖父母は東京で知り合って結婚しており、元々母は東京生まれです。そのせいか、茨城で育ったのに一切訛っていません（笑）。

父は美男《よしお》といい、1940年（昭和15年）1月に千葉県の勝浦で生まれました。父は三井グループの総合設備建設会社である三機工業で働いていました。夫婦の仲は子供の私の

目から見ても、非常によかったと思います。

加藤は母方の家の姓で、父は婿養子に入っています。父が5男だったこと、母は4人姉妹の長女だったという理由です。ただ、最初は父の家に嫁入りをし、私という長男が生まれたことから、祖父が父に「加藤の家を継いで欲しい」と頼んで、加藤家に養子に入ったという経緯です。

母は子供の頃から読書が好きで、外で遊ぶよりは家で本を読むといった、おとなしい生活をしていたと話していました。また、祖父の影響で書や絵には親しんでおり、油絵などを描いていました。

ただ、私が生まれた後、男の子だったこともあり一緒に走ったりするなど活発に動くようになったそうです。健康な体にしたいと思ったのか、自分がおとなしかったから活発に育てたいと思ったかは聞いたことはありませんが、小さい頃からいつも母と外で遊んでいた記憶があります。

母はそれがきっかけで走るのが面白くなったのか、私が小学生くらいの時には地元のマラソン大会に出るようになりました。するとかなり速かったようで習慣になり、それ以降は父と一緒に走るようになったのです。

最近まで、夫婦揃ってフルマラソンには年に複数回出場していましたし、百名山を達成し、二百名山にも挑戦中です。マラソン、登山、そして温泉というのが、２人共通の趣味です。

グローブとボールを肌身離さずに…

小学3年生以降の私は本当に野球が好きで、グローブとボールを肌身離さず持っていました。毎日学校に持って行ったくらいです。頭の中には野球のことしかありませんでした。きっかけはおそらく、巨人の長嶋茂雄選手です。父が毎日テレビで巨人戦を見ていましたし、母方の祖父母が家に遊びに来た時に巨人の、しかも長嶋選手の背番号3のユニフォームをくれたのです。最初は意味もわかっていなかったと思いますが、ユニフォームをもらったことで野球をやろうと思ったのでしょう。

バットとグローブとボールは両親に買ってもらい、それ以降はとにかく毎日壁打ちをし、長嶋選手の真似をしてバットを振る日々です。

母はそんな私を見て「やるなら徹底的にやりなさい」と応援してくれました。その言葉で、さらに野球にのめり込み、どんどんうまくなっていきました。

ただ、グローブとボールを毎日学校に持って行っていたことを小学5年生の時の担任の先生に注意されるようになりました。それでも持っていくのをやめない。何度注意されてもやめなかったんです。

そうしたら、あまりに言うことを聞かないというので、見せしめ的に先生の横に机と椅子を置かれて、そこで授業を受けることになってしまいました。制裁を受けていたわけですが、私はグローブとボールを持ち、好きな野球ができればいいという感じです。

ただ、私自身はいいのですが、この制裁は授業参観の時も継続されてしまい、母がその様子を見ることになってしまいました。しかし母はそんな私の姿を見て、「何か目立っていてよかったね」と笑っていました（笑）。この母の大らかさには救われました。

そして、やっぱり自分がやりたいことを貫けばいいんだ、ということを強く思ったきっかけでもありました。

教師の理不尽な仕打ちで柔道部に入部

中学は茨城県取手市の戸頭中学に進み、野球部に入りました。打ち込んだ甲斐もあってか、チームでは4番を打っていました。当時、取手第二高校野球部は名将・木内幸男さんが監督を務めており、地元の中学校の4番やエースに声をかけていた中、私も声をかけてもらいました。

ただ、当時の取手二高の雰囲気が私には合わないかな、と感じたこともあってお断りをしました。当時の取手市の中学校の4番バッターで取手二高に行かなかったのは私だけです。

後に取手二高は同じ学年の石田文樹（元横浜大洋ホエールズ）、吉田剛（元近鉄バファローズ）の活躍もあって、84年の夏の甲子園で優勝を果たしました。

私は地元の進学校である水海道第一高校に進みました。私は野球がうまいらしいという噂が広まっており、野球部に誘われましたが入りませんでした。他に強豪だったハンドボール部、投擲が強かった陸上部から誘われましたが、あまりピンと来なかったこともあり断りました。

その頃はエレキギターを買って、音楽に興味がありましたから、運動部には入らずに過ごそうと思っていたのです。

ただ、運動部の誘いを軒並み断ったことで、体育教官からの嫌がらせに遭うことになります。陸上部の顧問から「3日でいいから陸上部に来い」と言われて行ったところ、「お前は肩がいいからやり投げをやれ」と言われて3日間、10キロ走とやり投げの練習をしました。

3日経って「辞めます」と言ったら顧問が「ふざけるな」と怒り出しました。それに対して私は「3日でいいから来いというので来ました。これで辞めます」と言って帰ったのです。

当時、体育の必修科目で柔道か剣道を選択する形で、私は柔道を選択していました。陸上部の顧問は体育の教師でもありましたから、授業のたび、いつも見せしめのように「加藤、出て来い」と言って毎回投げ飛ばされるわけです。

いわゆる体罰ですが、やられる方はたまったものではありません。体育の柔道は2年間続きますから、先生が代わるか、何か部活動をやるかしないといけないと考えるようになりました。

母には相談らしい相談はしませんでしたが、ある時に「毎日、柔道の時間に叩きつけられるんだよな……」とボソッとつぶやいたところ、「耐えてみたら」と一言。母は置かれた状況を深刻に受け止めずに、受け入れる人なんです。

そこで調べたところ、「柔道部が甘いらしい」という噂を聞き、名前だけでも入ろうと入部しました。ところがその頃、柔道に情熱を燃やす新しい若手の顧問が入ってきて、雰囲気が一変しました。

私は後から入部していますから末席で、最初は同級生に絞められてケンカしたりしていました（笑）。そこから3カ月後に県西地区で71キロ以下級のベスト8になり、1年後には地区で優勝することができました。

加藤さんの母・裕子さん（右）と父・美男さん

その顧問の先生のおかげで柔道部は強豪になり、私は副将を務めるようになりました。県大会では最高3位に入り、国体選考会では個人71キロ級で1位だったのですが、インターハイも国体も行くことができなかったので腹が立ち、当時、高校生で2段まで取る人間は少なかったのですが、共通一次試験の前の週に茨城県体育館に2段を取りに行きました。これは私の意地でした。それで柔道生活は終わりにしたのです。

ただ、柔道には個人競技と団体競技の両面があり、これは良い経験になりました。チームワークと同時に個人の能力を高めないと、団体戦で勝つことができないからです。これは会社を経営していく上でも大事にしている視点です。

両親は今も取手市で健在です。16年に東証1部に上場した時に、2人にはセレモニーを観に来てもらいました。その後、軽くランチをしたのですが、母は「自分の子どもじゃないみたい」と言っていました。私の姿を見て喜んでくれたのだと思います。

母の教えⅧ

「母の教え」は『財界』に好評連載しております。

2021年6月19日　第1版第1刷発行

著者　『財界』編集部

発行者　村田博文

発行所　株式会社財界研究所
［住所］〒100-0014　東京都千代田区永田町 2-14-3 東急不動産赤坂ビル11階
［電話］03-3581-6771
［ファックス］03-3581-6777
［URL］https://www.zaikai.jp/

印刷・製本　日経印刷株式会社

ISBN 978-4-87932-146-6
定価はカバーに印刷してあります。